CW00695881

FOLIO POLICIER

Georges Simenon

La Marie
du port

Gallimard

Georges Simenon naît à Liège le 13 février 1903.

Après des études chez les jésuites, il devient, en 1919, apprenti pâtissier, puis commis de librairie, et enfin reporter et billettiste à *La Gazette de Liège*. Il publie en souscription son premier roman, *Au pont des Arches*, en 1921 et quitte Liège pour Paris. Il se marie en 1923 avec «Tigy», et fait paraître des contes et des nouvelles dans plusieurs journaux. *Le roman d'une dactylo*, son premier roman «populaire», paraît en 1924, sous un pseudonyme. Jusqu'en 1930, il publie contes, nouvelles, romans chez différents éditeurs. En 1931, le commissaire Maigret commence ses enquêtes... On tourne les premiers films adaptés de l'œuvre de Georges Simenon. Il alterne romans, voyages et reportages, et quitte son éditeur Fayard pour les Éditions Gallimard où il rencontre André Gide. Durant la guerre, il est responsable des réfugiés belges à La Rochelle et vit en Vendée. En 1945, il émigre aux États-Unis. Après avoir divorcé et s'être remarié avec Denyse Ouimet, il rentre en Europe et s'installe définitivement en Suisse.

La publication de ses œuvres complètes (72 volumes !) commence en 1967. Cinq ans plus tard, il annonce officiellement sa décision de ne plus écrire de romans.

Georges Simenon meurt à Lausanne en 1989.

I

C'était le mardi et les cinq ou six chalutiers qui pêchent toute la semaine sur la côte anglaise étaient rentrés le matin. Comme d'habitude, ils s'étaient amarrés dans l'avant-port, près du marché aux poissons, et maintenant seulement, à marée haute, on leur ouvrait le pont tournant.

Octobre accélérait la chute du jour et ses marées de morte-eau léchaient à peine le pied des falaises. Le chenal, à hauteur du pont, était étranglé par les maisons basses de Port-en-Bessin, aux façades grises et aux durs toits d'ardoises.

Comme toujours à pareille heure, les vieux étaient là, à encadrer le pont de leurs silhouettes bleues rapiécées de bleu plus sombre.

Il ne pleuvait pas. Il ventait un peu, de nord-ouest, avec un ciel gris uni.

L'un après l'autre, les gros dundees en bois passaient à ras du quai, à ras des maisons eût-on dit, pour aller se blottir au fond du bassin. Les hommes étaient sur le pont, immobiles et patients. Ils regardaient les vieux à terre. Les vieux les regardaient. Ils étaient pères, fils ou cousins, mais, à force de parenté, ils n'avaient rien à se dire et ne s'adressaient pas un signe.

Des femmes aussi, noires dans leur châle, en sabots vernis, se suivaient comme des fourmis dans les petites boutiques où les lampes s'allumaient à l'instant.

On entendait les billes s'entrechoquer sur le billard du *Café de la Marine* et la lumière jaune du store donnait un avant-goût de café arrosé au calvados.

Il restait près d'une heure de jour et de crépuscule; le pont refermé, bateaux amarrés, les vieux à nouveau figés à leur place, contre le parapet, on travaillait encore un peu, à lover des filins, à remettre de l'ordre, à refermer les écoutilles et les panneaux.

A côté des chalutiers massifs, les chaloupes formaient une foule plus dense et plus mouvante où, par-ci par-là, un homme réparait un filet, tripotait son moteur, parfois ne faisait rien que fumer sa pipe, satisfait d'être à son bord.

Le gros Charles, avec sa jambe de bois, franchissait les bastingages. Le Grand-Père le suivait, calme et quasi solennel. Alors, Charles tendait à chaque pêcheur une feuille de papier pas très propre et un bout de crayon à l'aniline. Il connaissait ceux qui ne savaient pas lire et ceux qui savaient. A ceux qui ne savaient pas, il se contentait de dire :

— Pour la Marie au pauvre Jules...

On allume toujours les lampes trop tôt. Elles étaient allumées, alors que le ciel était encore blanc, si bien qu'elles ne pouvaient donner qu'une lumière triste.

— Combien qu'on donne? demandait-on le plus souvent.

— C'est à ton bon cœur... Louis a donné vingt francs... Il y a des deux francs et des cinq...

— Inscris-moi pour cinq francs...

Le Grand-Père, impassible, suivait comme un enfant de chœur. On lui avait dit qu'il fallait être deux, afin qu'on ne puisse parler de tricherie.

— S'il y a besoin de monde pour le porter... disait-on encore.

Il s'agissait de Jules, qu'on enterrait le lendemain matin. Il était encore là, dans sa maison à mi-pente de la falaise où il y avait de la lumière et où on voyait sans cesse entrer des commères.

Le gros Charles traînait son pilon. Grand-Père suivait. Ils revenaient vers le pont, tendaient maintenant le papier aux vieux qui avaient leurs invalides.

— Pour la Marie au pauvre Jules...

Et la nuit tombait enfin doucement, tandis que, les uns après les autres, faute d'avoir mieux à faire, les hommes entraient dans les cafés, s'asseyaient près des tables vernies et allongeaient les jambes.

*

C'était comme s'il n'y avait eu ni matin, ni midi, ni soir, car tout était d'un même gris de pierre de taille, sauf les moutons sur la mer, qui étaient blancs, et les toits d'ardoises noirs et durs, comme dessinés à l'encre sur du papier glacé.

Les gens étaient noirs aussi, tous, les

hommes, les femmes et les enfants. Noirs et roides, gênés de leurs bons vêtements, comme le dimanche.

Le cortège avait franchi le pont tournant et c'étaient quatre capitaines qui portaient le cercueil, quatre capitaines qui avaient des mains de coton blanc au bout de leurs longs bras. Tout le monde avait remarqué, derrière, à côté de la Marie qui tenait un de ses frères par la main, la fille aînée, Odile, arrivée le matin de Cherbourg, où elle faisait la vie.

On avait remarqué aussi qu'elle n'était pas venue par le car, mais en auto, avec un homme qui était sûrement son amant. Aussi, quand le cortège passa près de l'auto, on tourna la tête pour l'examiner, puis on la tourna davantage pour regarder l'étranger qui, son chapeau à la main, se tenait sur le seuil du *Café de la Marine*.

On marchait lentement. On s'arrêta deux fois, pour changer les porteurs en gants blancs. Les cloches sonnèrent sur les rues vides et il n'y avait que l'étranger à rester au café tandis que tout le monde était à l'église et au cimetière, même le bistro.

Ce n'était pas quelqu'un du pays, cela se voyait, mais quelqu'un de la ville. Il s'adressait à la servante en l'appelant *mon petit*, alors que c'était une mère de cinq enfants, et il ne se gêna pas pour entrer dans la cuisine où c'était la patronne elle-même qui travaillait.

— Dites donc, maman, qu'est-ce que vous pourriez me préparer pour déjeuner?

Et elle, qui n'aimait pas les familiarités :

— Vous restez donc à déjeuner?

Il soulevait le couvercle des casseroles et il se coupa même une tranche d'andouille, puis s'essuya les doigts au tablier de la patronne.

— Essayez donc de me trouver une sole bien épaisse, avec beaucoup de moules et de crevettes...

— Les soles étaient ce matin à trente francs le kilo...

— Et après?

Il n'était peut-être pas antipathique, mais il se montrait trop familier, avec un certain air de se moquer du monde. Il devait se figurer que tout était à lui, que les gens de Port-en-Bessin n'étaient que ses domestiques!

Les mains dans les poches, il se promena sur le quai, puis sur la jetée. Il put voir la chenille noire du cortège s'étirer de l'église au cimetière et l'air fut à nouveau plein de cloches invisibles.

Il rentra comme il était sorti, passa derrière le comptoir et renifla des bouteilles, sans prendre garde aux regards furieux de la servante.

— Vous dresserez mon couvert près de la fenêtre...

La servante qui avait pleuré, comme les autres, au passage du convoi, en avait encore le nez rouge. On avait remarqué que pas une chaloupe n'était sortie, ce qui indiquait en quelle estime on tenait les Le Flem. Et maintenant, là-haut, sur la colline, il y avait trois fois plus de fleurs qu'il n'en fallait pour couvrir la tombe argileuse.

A onze heures seulement, les cafés se remplirent d'hommes endimanchés qui, pendant plusieurs minutes, gardèrent leur gravité d'enterrement.

Puis, petit à petit, on commença à parler de choses et d'autres, d'Odile qui s'était mise en grand deuil pour venir de Cherbourg mais qui, sous son voile, était maquillée comme une actrice, de la Marie qui paraissait à peine quinze ans dans son petit tailleur noir qu'elle avait fait faire deux ans plus tôt pour la mort de sa mère; on parla des deux familles qui étaient venues en carriole, les Boussus et les Pincemin, des parents du pauvre Jules par les femmes, des cultivateurs qui habitaient du côté de Bayeux.

Les carrioles aux hautes roues et à la capote brune étaient là, près du pont tournant, car la rue où habitaient les Le Flem était trop étroite et trop en pente.

C'était tout de suite après le pont. Il y avait une dizaine de maisons, les unes au-dessus des autres plutôt que les unes à côté des autres. Les pavés étaient inégaux, un ruisseau d'eau de lessive y courait toujours, des pantalons et des vareuses de marins séchaient d'un bout de l'année à l'autre sur des fils de fer.

Au-dessus de la rue, on arrivait hors de la ville, dans les prés à perte de vue, avec la mer à pic à ses pieds.

*

Marie faisait le service, en se mouchant de temps en temps, mais, comme l'avait remarqué tante Mathilde — c'était la tante

Pincemin, de la Pré-aux-Bœufs —, on ne l'avait pas vue pleurer de toute la matinée.

Odile, au contraire, à qui personne n'adressait la parole et qu'on faisait semblant de ne pas voir, avait éclaté en sanglots par deux fois, une fois à l'église, quand le curé avait jeté de l'eau bénite sur le catafalque, une seconde fois au cimetière, au bruit de la première pelletée de terre sur le cercueil. Elle avait pleuré si fort, avec des bruits déchirants au fond de la gorge, que si ça n'avait pas été une fille perdue il aurait fallu deux femmes pour la soutenir.

Marie, elle, se contentait de se moucher, avec son air de ne regarder personne, d'avoir toujours les yeux dans le vague et de baisser les paupières dès qu'on l'observait.

Pourtant, elle avait fait ce qu'elle devait faire : il y avait un bon pot-au-feu, qu'une voisine avait surveillé pendant l'enterrement, et on avait donné à cuire un rôti au boulanger, qui venait de l'apporter.

Les deux beaux-frères gardaient la gravité qui convient quand on a des responsabilités. Pincemin tirait de temps en temps sur ses longues moustaches blondes qui n'étaient pas assez fournies pour lui donner l'air d'un Gaulois, et ses pommettes étaient d'un si drôle de rose que beaucoup pensaient qu'il était tuberculeux.

— Je me chargerais bien de l'aîné, avait-il déclaré en regardant Joseph de ses yeux bleu ciel.

Car, outre Odile dont il n'était pas question, et la Marie, qui était assez grande pour se débrouiller, il restait trois enfants.

Joseph avait treize ans, des genoux noueux, un regard méfiant, surtout quand son oncle Pincemin le fixait en réfléchissant.

— Je ne veux pas aller dans une ferme! protesta-t-il.

Et il repoussa son assiette pleine de bouilli grisâtre.

— Tu iras où on voudra de toi! répliqua fort judicieusement sa tante, qui avait le sens des convenances.

Il n'y avait pas de nappe. On mangeait sur la toile cirée brune que la Marie avait toujours connue sur la table et, comme la pièce n'était pas grande, on avait laissé ouverte la porte de la rue.

— Vois-tu, Félix, je vais te dire une bonne chose, fit Boussus après s'être essuyé la bouche pour donner plus de poids à son

intervention. Tu prends Joseph! Que tu dis,
enfin! C'est très bien! T'as plus de terres
que moi et on a l'habitude de t'écouter.
Seulement, si tu prends Joseph, qu'est déjà
fort, et que je prenne Hubert, qui n'a que
huit ans, il est juste que tu prennes la
Limace avec! Voilà ce que je voulais dire...

Et, satisfait d'avoir si bien parlé, il se
tourna vers sa femme.

Hubert, de qui il était question, était un
gamin à grosse tête, à cou maigre, qui les
épiait les uns après les autres sans rien
comprendre à ce qui se passait. Quant à la
Limace, c'était la dernière, une fille de
quatre ans, grasse et placide, le visage
toujours barbouillé de morve et de man-
geaille.

— Faut faire les choses avec justice,
discutaient les deux beaux-frères. Avant
qu'Hubert rende des services...

Il fut aussi question de certificat
d'études. Marie mangeait debout, comme
elle avait toujours vu manger sa mère,
comme doivent manger les femmes qui ont
tout le monde à servir. Elle avait passé son
tablier sur sa robe noire et personne n'aurait pu dire ce qu'elle pensait.

— Quant à toi, la Sournoise, tu ferais

mieux de te placer à la ville, chez des gens sérieux...

Il y avait longtemps qu'on l'appelait la Sournoise, mais cela lui était indifférent. Elle n'avait pas peur de ses oncles, ni de sa tante Mathilde, qui était pourtant la sœur de sa mère.

— T'entends ce qu'on te dit?

Bien sûr, qu'elle entendait! Mais à quoi bon répondre, puisqu'ils allaient quand même se fâcher?

— Tu ne pourrais pas ouvrir la bouche quand nous sommes tous à nous occuper de toi?

— Je reste à Port!

— Qu'est-ce que tu veux faire dans un trou comme Port-en-Bessin? Tu ne trouveras seulement pas une place...

— J'en ai déjà une.

— Où ça?

— Au *Café de la Marine.*

— Tu veux te placer dans un café, à présent? Pour finir comme ta sœur?

On disait cela devant Odile, qui ne songeait pas à s'en froisser. Odile mangeait, les écoutait, dolente, plutôt parce qu'elle avait pris froid au cimetière que pour autre chose.

Personne ne lui avait demandé de rester à déjeuner. Elle n'y tenait pas, elle non plus, mais elle était restée quand même, considérant qu'il devait en être ainsi. Hubert, au début, avait été sidéré par ses ongles peints en rouge, mais maintenant il y était déjà habitué et surtout il avait tant mangé qu'il se tenait immobile, congestionné, perdu dans un rêve.

Il savait qu'on avait parlé de lui, de la Limace et de Joseph, mais il ignorait ce qu'on avait décidé au juste et il attendait la tarte aux pommes, posée sur le lit faute de place ailleurs.

*

Au *Café de la Marine,* Chatelard avait mangé sa sole près de la fenêtre puis, pour passer le temps, il avait joué tout seul au billard, car les autres étaient allés déjeuner. En fin de compte, il était entré dans la cuisine, où le patron mangeait avec la patronne, et il s'était installé familièrement à califourchon sur une chaise à fond de paille.

— Vous dérangez pas pour moi!... Dites

donc! vous croyez que ça va durer longtemps, leur repas, là-haut?

— Sûrement jusqu'à trois heures,
affirma le patron, qui n'aimait pas que les
clients vinssent le regarder manger.

— Qu'est-ce qu'elle va devenir, la petite?

— La Marie? Nous la prenons ici à partir
de ce soir. C'est elle qui l'a demandé...

— Combien que vous lui donnez?

— Cent francs par mois, logée, nourrie et
les pourboires...

— Elle doit faire le nettoyage?

— Le nettoyage et le reste... L'autre fille
de salle nous quitte parce que la voilà
encore une fois enceinte...

— Je la prendrais bien chez moi... fit
Chatelard.

— Qui?

— La Marie, bien sûr!... Pas l'autre...
Vous ne connaissez pas le *Café Chatelard,*
sur le quai, à Cherbourg?

— C'est vous?

— C'est moi... Dites donc, ça marche un
peu, ici?

Et maintenant, il était tout à fait comme
chez lui, discutait métier, se servait de café
à même la cafetière qui se trouvait sur le
fourneau.

— Je ne la connais pas... Je l'ai vue juste passer tout à l'heure avec le cortège... Elle ne ressemble pas à sa sœur, hein!

Il en revenait à la Marie qui, en effet, était aussi différente d'Odile que possible. Odile était une boulotte à chair rose et tendre, à la peau fine, aux grands yeux d'enfant, à l'air soumis, docile. Elle rougissait ou pleurait pour un rien et ne savait que faire pour que tout le monde soit content.

L'autre, à peine formée, la poitrine presque plate, les hanches longues et le ventre bombé, les cheveux toujours mal peignés et raides, ne s'occupait pas des gens et encore moins de leur faire plaisir. Elle les regardait en dessous. Elle pensait sûrement quelque chose, mais elle le gardait pour elle.

— Le pauvre Jules était un brave homme... Il a mangé tout ce qu'il avait pour soigner sa femme, qui est restée cinq ans comme qui dirait impotente, avec des médecins tout le temps dans la maison et des opérations qui coûtaient les yeux de la tête...

Chatelard n'était pas là pour s'attendrir. De temps en temps, il allait se camper devant la vitre et regardait le pont tournant, les deux carrioles, la ruelle qui s'amorçait et où le repas n'en finissait pas.

Au mur, près des queues de billard, une affiche rose annonçait : ... *Vente publique d'un chalutier à moteur...*

Et, comme il ne pouvait rien voir sans s'en occuper, il demanda au patron :

— Qu'est-ce que c'est, ce bateau-là?

— Celui qu'on vend à deux heures? Ma foi, ce ne serait pas un mauvais bateau si ce n'était qu'il lui est toujours arrivé des malheurs...

— Quels malheurs?

— Des malheurs! Tous ceux qui peuvent arriver à un bateau... Le mois dernier, juste deux jours après qu'il avait laissé ses filets crochés au fond de la mer, il a voulu partir, un soir qu'il faisait plus noir que d'habitude... L'homme de barre, qui avait peut-être un peu bu, a cru que le pont était ouvert et est entré dedans... Le mât a cassé et un homme a failli être écrasé... Voilà six mois, un mousse avait eu la jambe arrachée par un filin d'acier au moment où on virait le chalut...

Là-haut, sur la fin du repas, la conversation devenait plus lente et plus lourde et les beaux-frères en étaient à une histoire de

24

bestiaux assez compliquée, cependant que les enfants tombaient de sommeil. La Marie avait posé le cruchon de calvados sur la table et restait debout, tandis que sa sœur lui faisait signe de la rejoindre dans leur ancienne chambre.

— Écoute, Marie... Tu sais bien, toi, que je n'ai jamais eu de méchanceté... Ils sont tous après moi parce que j'ai un ami, mais ils se font des idées... A ta place, je viendrais à Cherbourg... Je parlerai à Chatelard et je suis sûre que...

Pour Port-en-Bessin, c'était vraiment une journée exceptionnelle, en marge du calendrier. C'était même beaucoup plus qu'un dimanche, que la Pentecôte ou que la Toussaint. D'abord, il y avait eu l'enterrement du pauvre Jules, ce qui n'arrive pas souvent, surtout rien qu'avec des patrons-pêcheurs pour porter le cercueil d'un bout à l'autre.

Et voilà que, maintenant, tout le monde était sur le quai, à proximité de la *Jeanne* dont le mât n'avait pas été réparé. On avait gardé les bons vêtements du matin et les souliers à élastique. Tant qu'on y était de ne pas travailler, on continuait les tournées de calvados, si bien qu'on parlait un peu plus fort que d'habitude, avec l'impression de débattre des problèmes capitaux.

Deux autos avaient amené les messieurs de Bayeux, le notaire et son premier clerc, puis les créanciers de Marcel Viau, qui était le seul à ne pas s'être endimanché.

Ceux de Bayeux dédaignaient d'entrer dans un des cafés du quai et formaient un groupe à part près du chalutier. Ils attendaient l'heure. Ils discutaient, eux aussi, de leurs affaires, tandis que Viau, un grand blond dont les prunelles délavées semblaient refléter tous les malheurs du monde, allait de groupe en groupe, triste et méfiant.

Qu'est-ce qu'on pouvait lui dire? On lui serrait la main. On faisait sans trop y croire :

— N'y aura pas d'amateurs...

Mais c'était plus difficile de dire quelque chose de senti à Viau que d'adresser des condoléances aux parents du pauvre Jules qui était mort.

Car Viau n'était pas mort! Il était là, lui! Et c'était beaucoup plus triste, beaucoup plus gênant!

Pour la Marie, ça avait encore été possible de faire une collecte et, du moment qu'on avait mis sa part selon ses moyens, on se sentait en paix avec sa conscience.

On ne pouvait quand même pas faire une collecte pour un armateur qui n'avait pas eu de chance!

Car c'était ça! Viau n'avait jamais eu de chance. Quand il avait acheté son bateau, en s'adressant à une société de crédit, il avait cru pouvoir prendre des airs importants. A l'entendre, ceux qui ne gagnaient pas d'argent avec le chalut, c'est qu'ils n'y connaissaient rien ou qu'ils étaient des fainéants.

N'empêche qu'il avait eu des ennuis avec les traites, pour commencer, puis avec les assurances, parce qu'une fois il avait emmené un vieux qui n'était pas inscrit au rôle, puis la fois que, ayant perdu son gouvernail, il avait dû se laisser remorquer en Angleterre où on lui avait réclamé des sommes incroyables...

— T'aurais jamais dû te mettre à ton compte! lui disait-on. T'es pas fait pour ça. T'as même pas d'instruction...

Il s'était obstiné pendant cinq ans, si bien qu'à présent il y avait un jugement et qu'on allait vendre la *Jeanne*.

— Messieurs, il est deux heures! annonça le notaire.

On rigola. La marée était basse. Pour descendre à bord, il fallait emprunter l'échelle de fer qui était visqueuse et faire un écart de près d'un mètre au-dessus de la vase. Le notaire était empêtré de sa serviette de cuir, de son pardessus, de son chapeau melon qui menaçait de s'envoler.

On l'aida. Cela finit par s'arranger et les uns descendirent sur le pont, les autres restèrent debout au bord du quai, aussi graves que le matin pendant l'absoute.

D'abord, il y eut une lecture à laquelle on ne comprit rien. Puis un chiffre.

— Mise à prix, deux cent mille francs... J'ai dit deux cent mille francs...

On se regarda, de groupe en groupe. On savait que personne du pays ne ferait d'enchère, d'abord parce qu'il s'agissait de Viau, qui était un brave homme, ensuite parce qu'on avait déjà assez de soucis avec les bateaux.

On cherchait à voir si, des fois, il n'était venu personne de Caen, ou d'Honfleur, ou même de Fécamp, comme certains l'avaient annoncé.

— J'ai dit deux cent mille francs...

Le notaire, lui aussi, regardait tour à tour ces visages sévères qui l'entouraient et peut-être devinait-il une certaine ironie dans les regards?

Viau pleurait. C'était la première fois qu'on le voyait pleurer. Il se tenait derrière tout le monde et il pleurait sans essayer de cacher son visage.

— Deux cent mille... Personne ne dit mot à deux cent mille?... Messieurs, faites une offre...

Un farceur cria :

— Dix mille!

Et il y eut une vague de rire.

— Deux cent mille... Cent quatre-vingt-dix mille... Cent quatre-vingt mille...

Les femmes en noir se tenaient à distance, car ce n'était pas leur place, mais elles comprenaient ce qui se passait. Des gamins se faufilaient entre les jambes et on les repoussait.

— J'ai dit cent quatre-vingt mille...

Le moteur, à lui seul, avait coûté trois cent mille francs cinq ans plus tôt.

— Une fois!... Deux fois!...

C'était presque plus sinistre qu'au cimetière, surtout qu'on avait posé le mât cassé de la *Jeanne* en travers du bateau. On se retournait pour chercher Viau des yeux. On était content de voir la pâleur du principal créancier, qui chuchotait à l'oreille du notaire.

La marée s'était renversée. Le flot montait, formant un courant dans le bassin, et des mouettes poursuivaient en criant les détritus qui flottaient.

Ce fut le créancier qui repéra le premier quelqu'un parmi la foule et il se pencha vers le notaire. Celui-ci chercha des yeux, fit un geste.

— Cent quatre-vingt mille francs là-bas...

Toutes les têtes bougèrent. On finit par apercevoir Chatelard, qui écartait ses voisins pour atteindre le premier rang.

— Cent quatre-vingt mille... Personne ne dit mieux?... Une fois...

Le notaire consulta le créancier, qui fit un signe de tête.

— ... Deux fois!... Trois fois!... Adjugé!...

C'était comme une délivrance. Désormais, on pouvait remuer, circuler, parler haut. On tournait autour de Chatelard qui descendait à bord, en homme qui a l'habitude des échelles de fer, et qui s'approchait du notaire. Il sortait un portefeuille de sa poche, en tirait des papiers, tandis que trois hommes essayaient d'entraîner Viau au bistro.

— Laisse-le!... Ce n'est pas quelqu'un d'ici!... Et c'est un capitaine... Peut-être qu'il te prendra?...

Le petit groupe conversait sur le pont. Les autres groupes laissaient plus d'air entre eux et ainsi Odile put se faufiler, toujours en grand deuil, avec son voile de crêpe qu'elle avait rejeté en arrière.

— Pssttt!... fit-elle en se penchant au-dessus de la vase du bassin.

Chatelard ne la voyait pas. Le notaire la lui montra.

— Je suis ici!... dit-elle alors, comme si on ne s'en était pas aperçu.

— Eh bien! restes-y! lança Chatelard en lui tournant le dos et en continuant sa conversation.

Elle ne sut que faire. Elle resta là, parmi les gens qui la regardaient, mais qui ne lui adressaient pas la parole. Elle finit par se diriger vers la voiture, n'osa cependant pas y monter toute seule.

— Qui c'est qui va lui parler?

Il ne s'agissait pas d'elle, mais du nouvel

acquéreur. On avait promis à Viau de lui parler, de lui dire qu'il ne trouverait pas de meilleur capitaine que lui et qu'en plus il avait besoin de gagner sa vie, car il avait un fils qui étudiait et une fille qui n'était pas comme les autres.

Sur le pont de la *Jeanne*, les gens de la ville bavardaient toujours et paraissaient d'excellente humeur. De l'autre côté de l'eau, près du pont tournant, les Boussus et les Pincemin, un peu congestionnés d'avoir trop mangé et trop bu, attendaient que la Marie eût fini d'arranger ses frères et sœur.

L'aîné, Joseph, était furieux et regardait férocement les Pincemin qui le hissaient dans la carriole.

Hubert, lui, suivait docilement, se laissait mettre une grosse écharpe de laine et recevait sans broncher le baiser de sa sœur. Évidemment, il ne se rendait aucun compte de ce qui lui arrivait et ne savait même pas où il allait!

Quant à la Limace, la dernière, grosse poupée toujours sale qui avait servi de jouet à ses frères et sœurs, on la consola en lui mettant une pomme dans la main, si bien que son départ fut en somme la continuation d'un merveilleux repas.

Les deux voitures franchirent le pont. Sur le quai, les groupes durent s'écarter pour les laisser passer, mais on y prêta à peine attention, car c'étaient des étrangers, des gens de la campagne. Seules quelques femmes s'attendrirent sur le sort de la Limace, que tout le monde appelait ainsi parce qu'à quatre ans elle gardait l'habitude de se traîner par terre, comme si elle eût été trop grosse pour tenir debout sans fatigue.

Marie était rentrée chez elle. Avec des gestes de tous les jours, elle mettait de l'eau à chauffer pour la vaisselle, puis balayait par terre, car on avait fait beaucoup de saleté.

Elle entendit bien des pas dans la rue, et le bruit d'un pilon. Seulement, on n'y faisait pas attention, car ils étaient au moins dix, à Port, à avoir une jambe de bois.

— Marie!

C'était le gros Charles, toujours flanqué de Grand-Père qui était le seul à porter un béret basque depuis que, cinquante ans plus tôt, il avait fait deux saisons à la sardine à Saint-Jean-de-Luz.

— On vous apporte la liste et l'argent...

On a tout de même réussi à réunir dix-huit cents francs et des centimes...

— Pour quoi faire? demanda-t-elle.

— Pour vous aider... On sait ce que c'est... Vous avez des frais...

Ils étaient un peu soûls tous les deux, comme il est permis de l'être un jour aussi exceptionnel que celui-là. Même qu'ils voulurent tous les deux embrasser la Marie et que celle-ci dut leur servir à boire!

— Attendez seulement que je rince des verres...

Quant à Chatelard, il était content. Il est vrai qu'il était toujours content de lui, puisque tout lui réussissait! Il longeait le quai, s'arrêtait devant un pêcheur qui s'approchait gauchement.

— Qu'est-ce que c'est, mon vieux?

— Voilà... C'est rapport à Viau...

Et lui, gaiement :

— J'espère que tu ne vas pas me demander de le prendre comme capitaine, hein?... Non, mon vieux... Tout ce que tu voudras, mais pas ça. J'ai horreur des gens qui n'ont pas de chance!...

— C'est que...

— Écoute! Je suis pressé! J'aime mieux te dire tout de suite que, si j'ai acheté la

Jeanne, c'est que j'ai mon idée. J'ai bien le droit d'avoir mon idée, pas vrai?

Et, cordial, il frappa sur l'épaule de son interlocuteur, puis s'approcha de la voiture près de laquelle Odile faisait patiemment les cent pas.

— Alors? Ta sœur?

— Elle ne veut pas venir.

— Tu lui as dit que c'est à moi le *Café Chatelard*?

— Elle tient à rester ici.

— T'as dû mal t'y prendre, comme toujours!... Ça ne fait rien!... Ça ne fait rien... Monte!... Il faudra que je revienne de temps en temps ici, maintenant je suis armateur dans le pays... Je lui parlerai...

Il n'avait guère vu la Marie. Juste un visage, une silhouette, le matin, en tête du cortège. N'empêche qu'il eut un geste machinal pour se tourner vers le pont, vers la ruelle.

— Elle pleure? demanda-t-il.

— Non!

— Qu'est-ce qu'elle fait?

— Rien... La vaisselle...

Il se glissa au volant, mit le contact, donna un petit coup de klaxon, car il y avait des gens devant l'auto.

— Tu sais! le deuil ne te va pas..., constata-t-il en ayant l'air de penser à autre chose.

Puis, après un dernier coup d'œil de l'autre côté du pont, il embraya et se mit à siffloter.

II

— Tu vas à Port?

Chatelard, qui se rasait devant l'armoire à glace, répondit par un grognement.

— Tu ne m'emmènes pas encore cette fois?

Il devait être entre neuf et dix heures du matin. Par la fenêtre, Chatelard apercevait les quais de Cherbourg, qui avaient déjà perdu leur animation matinale de port de pêche et qui étaient inutiles dans la ville ordinaire. C'était l'heure glauque, celle des travaux monotones, et, s'il avait entrouvert la porte, Chatelard aurait entendu ses garçons qui faisaient le mastic, dans le café, à grand renfort de sciure et de blanc d'Espagne.

— Tu n'as pas pu décider ma sœur? bâillait Odile.

Sa voix, déjà molle d'habitude, le devenait davantage quand elle était au lit. Et, pour elle, le lit avait un tout autre sens que pour quiconque.

Odile, en effet, n'était pas gourmande; il lui importait assez peu d'être bien habillée et il avait été impossible de lui apprendre à se mettre proprement du rouge à lèvres et de la poudre; elle était si peu avare qu'elle ne savait jamais combien contenait son sac, qui traînait partout. Odile n'avait pas de vices, pas d'ambitions.

Seulement, de treize ans à vingt-trois ans, elle avait été tirée du sommeil, chaque matin, hiver comme été, à cinq heures, par un réveil grinçant et, jambes nues, bouche pâteuse, la tête vide et les gestes maladroits, elle avait dix ans durant préparé le café des autres, chauffant les pièces avant qu'ils s'y risquassent au sortir du lit et cirant les chaussures pour se dégourdir.

A cause de cela, rien que de cela, Odile était devenue la maîtresse de Chatelard, comme elle serait devenue la maîtresse de n'importe qui. Elle restait là, au creux tiède du lit qui sentait encore l'homme. Elle regardait celui-ci s'habiller dans le matin d'hiver et elle disait sans conviction :

— Pourquoi, de toute la semaine, ne m'as-tu pas voulue une seule fois avec toi?

— Parce qu'à midi tu ne serais pas encore prête!

C'était vrai aussi. Ils étaient aussi peu faits que possible l'un pour l'autre. Chatelard, qui s'était couché à deux ou trois heures, parce qu'il avait toujours des gens à voir après le cinéma, avait peu dormi et pourtant, débarbouillé à l'eau fraîche, il était d'attaque, déjà débordant de vie contenue.

L'appartement était vieux et paysan, sans confort, sans même une vraie baignoire, alors qu'au rez-de-chaussée le café était un des plus modernes de Cherbourg et qu'au premier, près des billards, étincelaient des toilettes en mosaïque. C'était Chatelard qui avait fait tout installer, depuis qu'il avait hérité de son oncle, quatre ans plus tôt, alors que le café n'était qu'un vieux café comme ses voisins du quai. Lui encore avait monté le cinéma d'à côté qu'on appelait la Bonbonnière. Il en avait choisi le velours d'un rouge violacé, les éclairages moelleux, les glaces encadrées de faux fer forgé, mais jamais il n'avait pensé à changer quoi que ce fût dans le logement.

Il était ainsi. Il dépensait deux mille francs pour un complet et le laissait s'abîmer sous la pluie, ou bien il jetait le veston roulé en boule au fond de sa voiture. Il s'était payé un étui à cigarettes en argent et or, mais il ne fumait que du caporal.

Il était peuple. S'il avait pris Odile, alors qu'elle était fille de salle, c'est peut-être qu'elle était encore plus peuple que lui. D'ailleurs, il l'avait prise par défi, pour montrer à une maîtresse qui voulait le faire marcher qu'il se fichait des femmes.

— Ça s'arrange, la *Jeanne*? demandait Odile en sirotant sa paresse.

Elle pouvait toujours parler! Depuis six mois qu'ils étaient ensemble, elle aurait dû savoir qu'il se donnait rarement la peine de lui répondre. Elle n'avait qu'à le suivre quand il l'emmenait, sans rien dire, s'asseoir dans un coin quand il faisait sa partie ou qu'il discutait avec des amis. Moyennant quoi il lui tapotait parfois l'épaule avec l'air de reconnaître que c'était une brave bête.

Ce fut lui, pourtant, qui questionna en laçant ses souliers :

— Quel âge a-t-elle exactement?

— Marie? Attends... Il y a eu entre nous deux un garçon qui est mort... Il avait deux ans et demi de moins que moi... Puis, entre lui et Marie... Elle a maintenant dix-sept ans et demi... Elle ne t'a pas fait de commission pour moi?

— Non.

— Pourquoi ne veut-elle pas venir à Cherbourg?

— Est-ce que je sais, moi?

Et il finit de s'habiller, se regarda dans la glace avec satisfaction, lança à Odile, sans aller l'embrasser :

— A ce soir!

Il savait qu'elle ne se ferait pas de mauvais sang pour si peu et qu'à midi il y avait des chances pour qu'on la trouvât rendormie. En bas, il passa derrière le comptoir et chipota dans le tiroir-caisse, posa quelques questions au gérant, descendit à la cave avec lui pour voir des fûts de bière qui venaient d'arriver, s'occupa d'un carrelage à réparer puis, sur le quai, de l'affiche du cinéma, qui était mal posée.

Il crachinait. Le pavé était gras, couvert d'une fine boue noire qui gardait la trace des pas et des roues. On voyait les deux cheminées penchées d'un paquebot allemand à la gare maritime où on attendait le train transatlantique.

Chatelard pénétra au garage, prit sa voiture, s'arrêta encore en route parce qu'il avait oublié de signer une police d'assurances puis, une demi-heure durant, il connut la paix, à son volant, une paix rythmée par le mouvement saccadé de l'essuie-glace.

Cela commençait à ressembler à un rite. Vers onze heures, onze heures et demie, il arrivait à Port-en-Bessin que, maintenant, il appelait simplement Port, à la façon des gens du pays. Il connaissait l'heure des marées, savait s'il trouverait les bateaux plantés dans la vase ou déjà à flot sur l'eau moirée de mazout.

Il reconnaissait le sien, la *Jeanne,* juste en face de chez Jacquin, le mécanicien de marine, et il y avait toujours du monde sur le pont.

Mais il ne s'arrêtait pas encore. Il n'abandonnait sa voiture qu'à la porte du *Café de la Marine* où il entrait en coup de vent, sans refermer la porte, ce que le patron avait remarqué.

— Salut!

Il ne disait pas bonjour, mais « salut » et jamais il ne retirait son chapeau, même le soir, dans le hall du cinéma, quand il devait parler aux dames. Tout ce qu'il daignait faire, quand il était à l'intérieur, c'était le repousser un tant soit peu en arrière.

— La Marie n'est pas ici?

— Elle fait les chambres...

Il le savait, mais il ne pouvait s'empêcher de poser la question. A cette heure, le café était vide; la salle de restaurant, à côté, était plus vide encore et le patron, d'habitude, rédigeait le menu avec application, allant parfois à la cuisine demander un renseignement.

Force avait été de s'habituer aux manières de Chatelard, qui y entrait aussi, se versait du café, prenait du rhum au comptoir.

Après quoi, croyant peut-être que le bistro, qui était un vieux roublard, ne s'apercevait de rien, il regardait ses mains, faisait mine d'hésiter, grommelait quelque chose comme :

— Il faut que je passe au lavabo...

Tout cela parce que le lavabo était en haut, au fond du corridor sur lequel ouvraient les trois chambres. Le matin, les chambres étaient ouvertes, devenant le domaine de la Marie qui, abandonnant ses sabots, marchant sur ses bas de laine,

43

balayait les planchers, faisait les lits, remplissait les brocs.

— Ça va? lui lançait-il. Pas encore fini?

Et il se passait ceci, c'est que la Marie était avec lui comme il était avec Odile, c'est-à-dire que la plupart du temps elle ne se donnait pas la peine de répondre. Elle le regardait. Elle avait l'air de dire :

— Qu'est-ce qu'il veut encore, celui-là?

Ou bien, s'il s'attardait dans l'embrasure de la porte, elle demandait carrément :

— Qu'est-ce que vous voulez?

— Rien... Je vous regarde... Je me demande toujours pourquoi vous ne voulez pas venir à Cherbourg, où vous gagneriez mieux votre vie qu'ici en travaillant moins.

Elle portait une robe noire, un tablier blanc, un petit col blanc autour du cou. Elle était toujours dépeignée — comme Odile, ce qui devait tenir de famille!

— C'est tout?

— Écoutez, mon petit...

— Je ne suis pas votre petit... Attention!... Je vais secouer la carpette...

Elle le faisait exprès et cela suffisait à mettre Chatelard de mauvaise humeur. Il entrait à la toilette. Quand il en sortait, elle

ne manquait pas de lui lancer sans amé-
nité :

— Vous essayerez de fermer la porte,
aujourd'hui!

Alors, parfois, en passant, il lui tirait la
langue car, malgré ses trente-cinq ans, il ne
s'était jamais habitué tout à fait à être une
grande personne.

Il ne le redevenait qu'à bord de la *Jeanne*
où, à peine arrivé, il mettait tout le monde
sur les dents, les charpentiers qui travaillaient sur le pont et dans la cale, les
mécaniciens qui révisaient le moteur et
installaient un nouveau cabestan.

Il aimait commander des ouvriers. Il
préférait encore tomber la veste et, en dépit
de sa chemise de soie, saisir n'importe quoi,
une pièce de fer ou de bois, un outil
quelconque et montrer aux gens qu'il savait
tout faire.

— Quand j'étais à bord du *Marie-
Jésus...* grommelait-il.

Comme il n'arrivait qu'à onze heures ou
onze heures et demie, il était tout surpris de
voir les autres débaucher à midi et il les
engueulait. Puis c'était l'attrapade quotidienne avec Dorchain, qu'il appelait l'Instituteur.

Il l'avait pourtant amené de Cherbourg pour commander la *Jeanne* et Dorchain faisait ce qu'il pouvait pour hâter les travaux.

Ce n'était pas sa faute s'il avait davantage l'aspect d'un instituteur normand que d'un capitaine. C'était encore moins sa faute s'il portait des lunettes et si les vêtements de travail eux-mêmes lui donnaient un air timide et comme il faut.

Il était gras, rose, avec de gros yeux, un bon sourire; il était poli avec chacun et c'est tout juste s'il ne semblait pas s'excuser d'adresser la parole aux gens ou d'entrer dans un café.

— Pardon, monsieur Chatelard, vous avez dit hier que...

— Cela ne me regarde pas ce que j'ai dit hier! Ce que je vois, c'est qu'aujourd'hui le cabestan n'est pas en place et que...

Un peu plus tard, ils arrivaient ensemble au *Café de la Marine* où il y avait toujours, à cette heure, des pêcheurs qui prenaient l'apéritif. Chatelard savait qu'ils étaient furieux contre lui, parce qu'il avait acheté la *Jeanne* et qu'il n'y avait pas embauché Viau. Ils auraient été furieux de toute façon, ne fût-ce que parce qu'il était de

Cherbourg, et le comble était d'avoir amené un capitaine de là-bas.

Il feignait de ne pas s'en apercevoir; il s'amusait à s'attarder au milieu d'eux, à les interpeller, à parler du temps et de la pêche, des cours du poisson, de ce qui lui passait par la tête.

Ils étaient là, dans leurs vêtements de toile raide, comme des blocs sculptés, les uns bleus, les autres rougeâtres, tous avec des pièces plus claires ou plus sombres, des joues mal rasées, des sabots ou des bottes comme des socles de statue.

Ce que Chatelard en faisait, c'était autant pour la Marie que pour eux, car il avait remarqué que plusieurs fois elle avait été forcée de sourire.

Il finissait par passer dans la pièce voisine et par se mettre à table, avec l'Instituteur, et c'était la Marie qui les servait, rencontrant le regard de Chatelard chaque fois qu'elle entrait avec un plat.

Cela ne durerait pas toujours, mais jusqu'à ce que la *Jeanne* reprenne la mer, le programme des journées était à peu près immuable. La cuisine était bonne. Chatelard mangeait beaucoup puis, son chapeau en arrière, retournait à bord, où les ouvriers l'avaient précédé.

Le calme régnait autour du bassin. Dans les chaloupes, des hommes réparaient les filets et d'autres, sur le quai, étiblaient des cordages neufs ou mettaient les chaluts à sécher.

Après avoir travaillé ou regardé travailler pendant une heure, Chatelard, la mine innocente, faisait un petit tour au *Café de la Marine* où il était sûr de trouver la Marie à la cuisine.

Jamais il ne lui avait adressé sérieusement la parole. Il se croyait obligé de plaisanter. Chaque fois, il fallait trouver quelque chose de nouveau et, forcément, ce n'était pas spirituel à tous les coups.

Elle ne lui cachait pas son opinion, haussait les épaules ou laissait tomber :

— C'est fin !

Lui s'obstinait, bien en peine de dire pourquoi il revenait tourner autour d'elle alors que c'était un bout de fille de rien du tout, comme il pouvait s'en payer à la douzaine.

Au début, il avait cru que ce serait facile de l'amener chez lui, à Cherbourg, et il lui avait donné à entendre qu'elle n'aurait pas grand-chose à faire.

Têtue, butée, elle répliquait :

— Et si ça me plaît de travailler?

— Alors tu travailleras...

— Je n'aime pas qu'on me tutoie...

— Tous les autres le font bien...

C'était vrai. La plupart des pêcheurs qui, ou bien l'avaient vue naître, ou bien avaient joué dans les rues avec elle, la tutoyaient.

— Ce n'est pas la même chose...

— Entendu, princesse!

Il feignait de rigoler mais au même moment il ne pouvait s'empêcher de laisser peser sur elle un regard grave, presque pathétique.

Une fois, elle avait dit :

— C'est assez d'une dans la famille!

Et il n'avait rien trouvé à répondre. Et, le soir, il avait été aussi désagréable que possible avec Odile, au point qu'il l'avait fait pleurer, ce qui n'était pas facile.

— Vous avez un amoureux?

— Pourquoi pas?

— Un petit gars d'ici?

— Ils valent les gens de Cherbourg!

Il enrageait, repartait à bord, revenait

une heure plus tard et la trouvait à éplucher des légumes.

— Encore vous?

Qu'est-ce qu'elle avait de plus qu'une autre? Elle était maigre, à peine formée, et c'est tout juste si on devinait sa poitrine sous le corsage trop serré. Son long visage était décoloré, ses yeux beaucoup moins grands que ceux de sa sœur et sa bouche mince, toujours boudeuse ou triste, ou dédaigneuse, on ne pouvait savoir.

Enfin, à aucun moment elle n'était gentille avec lui et, si d'aventure elle le servait, elle renversait une bonne partie de son verre en le posant sur la table.

— Écoutez, Marie...

— Taisez-vous!... Vous voyez bien que j'écoute la T.S.F...

Il était vexé, outré! Il s'en voulait, lui Chatelard, un homme que tout le monde connaissait à Cherbourg, de tourner autour des jupes noires d'une gamine qui le traitait ni plus ni moins qu'un gamin de son âge.

Et, parce qu'il était vexé, il revenait à la charge, plaisantait plus lourdement et se faisait remettre à sa place.

Le patron, qui était un ancien chauffeur de grande maison, s'était fatalement aperçu du manège et Chatelard le regardait de travers, et arrivait à le haïr parce qu'il l'imaginait, dès qu'il était sorti, s'approchant de la petite pour demander :

— Alors? Qu'est-ce qu'il a encore raconté?

Tant pis pour l'Instituteur! C'était lui qui trinquait pour les autres, lui et les mécaniciens que Chatelard allait un peu torturer après chaque séance au *Café de la Marine*.

Il aurait voulu demander à quelqu'un si la Marie avait un amoureux, mais il n'osait pas. Parfois il voyait Viau qui venait faire un tour sur le quai, rôder autour de son ancien bateau et Chatelard n'avait pas envie de s'attendrir.

— Il a repris du service comme simple pêcheur à la part, hein? C'est donc qu'il est fait pour ça! disait-il à Dorchain. La chance et la malchance, c'est de la blague. Dans la vie, on fait toujours ce qu'on doit faire, un point c'est tout...

N'avait-il pas triplé, quadruplé l'affaire de son oncle, depuis qu'il en avait hérité? Pourtant, il avait débuté comme pêcheur, lui aussi, et, à cause du calcul, il n'avait jamais pu passer son examen de patron.

Alors?

Il y avait des moments où il avait envie de tout changer, de conduire la *Jeanne* à Cherbourg, pour en être quitte avec Port-en-Bessin et avec cette Marie du diable. L'Instituteur le lui conseillait, prétendant que le poisson se vendait mieux à Cherbourg, et Chatelard s'était contenté de lui répondre :

— Toi, tu dis ça parce que ta femme est là-bas... Eh bien! tant pis... La *Jeanne* gardera Port-en-Bessin comme port d'attache... C'est à prendre ou à laisser...

A prendre, bien entendu, puisque Dorchain était sans engagement depuis l'été!

Tout ça, à cause de la Marie!

*

Une came qu'un aide-mécanicien cassa valut à Chatelard de dîner ce jour-là à Port-en-Bessin. Il ne voulut pas, en effet, que le travail fût abandonné pour la came. Il alla avec sa voiture chercher une pièce de rechange à Caen et exigea qu'on continuât le soir à la lumière des lampes à acétylène.

Il n'imaginait pas que cet incident pût

avoir des conséquences quelconques et il ignorait jusqu'à l'existence d'un certain Marcel Viau, qui était le fils de l'autre, l'ex-propriétaire de la *Jeanne*.

Marcel Viau, à cinq heures, quittait le bureau d'un architecte de Bayeux où il passait ses journées à tirer des bleus.

Les lampes des boutiques et les becs de gaz brillaient déjà. Marcel abandonnait une petite rue obscure et traversait l'artère principale pour s'enfoncer dans un quartier plus désert que les autres, où il ne tardait pas à s'engouffrer sous le porche d'une grande bâtisse.

C'était son sort quotidien. Son travail chez l'architecte lui valait d'arriver quelques minutes en retard au cours de dessin et il se faufilait sans bruit dans l'immense salle où des lampes à réflecteur éclairaient d'une lumière crue des tables piquées de papier blanc.

C'était là un monde en dehors du monde, en dehors de Bayeux et de tout ce qui existe, un monde où ils étaient quelques-uns à passer deux heures, chaque jour, chacun sous une lampe qui n'éclairait que lui, que sa planche, sa feuille fixée avec des punaises, les règles plates, les gommes et les compas.

Il n'y avait pas de rideaux aux fenêtres, hautes et larges comme le sont les fenêtres officielles, mais on ne voyait rien au-delà que l'obscurité et, quand il pleuvait, les gouttes argentées de la pluie sur les vitres.

La température, elle aussi, était neutre, officielle, comme dans les mairies, les écoles et les musées.

Il ne fallait pas faire de bruit. Une règle qui tombait par terre déclenchait un vacarme et on entendait à dix mètres le grattement d'un canif sur un crayon.

Parfois, on se retournait en sentant une ombre derrière soi. On frémissait et on restait là, la poitrine serrée, à attendre la phrase cruelle du professeur, qui faisait exprès de porter des semelles de caout-chouc.

Pendant trois ans, Marcel Viau s'était donné du mal. Maintenant, il avait dix-sept ans et il s'en donnait encore, mais sans foi, sans espoir, car il savait que tout à l'heure la voix mate du maître déclarerait :

— Viau, vous en êtes décidément un!

On avait trouvé ce calembour! On avait remarqué aussi qu'il avait une trop grosse tête et des cheveux drus qui partaient dans tous les sens. Quant à ses compagnons, ils prétendaient qu'il sentait la marée et qu'on ne pouvait travailler dans un rayon de cinq mètres autour de lui.

Il fallait continuer quand même, puisqu'il était trop tard pour entreprendre autre chose et que le père Viau s'obstinait. C'était moins la faute au père qu'à l'instituteur de Port-en-Bessin qui avait déclaré, quatre ans plus tôt :

— Marcel a d'excellentes dispositions pour le dessin...

Alors, comme on ne voulait pas en faire un pêcheur, comme, en ce temps-là, on avait un peu d'argent et qu'on croyait qu'on en aurait toujours, on avait décidé d'en faire un dessinateur.

Dessinateur de quoi? On verrait après! Il y a des dessinateurs de bateaux et d'autres qui dessinent des pièces de moteurs.

Marcel avait grandi. Sa tête était devenue encore plus grosse. Il avait porté de longs pantalons qui n'avaient jamais de pli et des souliers trop grands pour lui.

Maintenant, il devait attendre sept heures, sous son abat-jour, penché sur le papier aveuglant de clarté.

Puis de sept heures à huit heures moins le quart, aborder l'autre supplice, que les élèves ordinaires ne connaissaient pas, car eux n'avaient plus qu'à rentrer chez leurs parents.

Marcel, lui, devait attendre l'autocar de Port-en-Bessin. Il avait faim. Il n'avait pas d'argent pour entrer dans les cafés où il voyait des gens attablés dans la chaleur, le bruit et la lumière.

Il se promenait, regardait chaque jour les mêmes étalages, sans chercher à varier son itinéraire mais en roulant dans sa tête des pensées que personne ne soupçonnait, ni son père, ni son patron qui le traitait volontiers de dégénéré, ni son professeur qui ne ratait pas une occasion de lui prédire un avenir misérable.

Parfois, bien qu'il eût dépassé la dix-septième année, il s'achetait pour quelques sous de bonbons qu'il suçait le plus lentement possible. Puis, à huit heures moins le quart, il prenait sa place au fond du car mal éclairé qui s'arrêtait deux ou trois fois devant des fermes avant d'atteindre Port-en-Bessin.

Qui aurait pu se douter que Marcel, avec

sa grosse tête pâle, n'avait pour le monde entier que des pensées haineuses?

Le car s'arrêtait en face du *Café de la Marine* mais, à cette heure, les rideaux étaient tirés devant les fenêtres et il fallait s'approcher pour regarder par les fentes.

Des pêcheurs étaient là, trois tables de pêcheurs au moins, la plupart du temps à ne rien faire qu'à fumer leur pipe en discutant, et le père Viau était là aussi, pas loin du comptoir, toujours à la même place et toujours devant un café arrosé.

On ne pouvait pas savoir combien il en buvait, surtout les derniers temps, mais sa moustache sentait fort le rhum, et, dès le soir, il ne supportait plus la contradiction.

La Marie était là aussi, tranquille, sereine, sans un sourire mais sans impatience, servant ces hommes comme de grands enfants, restant devant eux à écouter ce qu'ils disaient puis se dirigeant vers le comptoir pour remplir les tasses ou les verres.

Marcel était forcé d'aller manger. Leur maison était au bout du bassin, près de celle du mécanicien. C'était Viau qui l'avait fait construire et elle était presque neuve, d'un gris souris, avec des fenêtres blanches.

La porte d'entrée était vitrée, voilée d'un rideau qui laissait passer la lumière. On entrait de plain-pied dans la cuisine et là, Marthe attendait devant la table où il n'y avait plus que le couvert de son frère, car les autres avaient déjà soupé.

Pourquoi, au lieu d'une sœur comme les autres, Marcel en avait-il une qui était sourde et muette et qui souriait toujours d'un sourire idiot?

Il ne pouvait rien lui dire. Elle lui adressait des signes pour lui faire savoir si le père était de bonne humeur ou de mauvaise, mais c'était presque toujours de mauvaise. Il mangeait sa soupe, les coudes sur la table, en aspirant avec bruit, car ce n'était pas la peine de se gêner. Il y avait du poisson réchauffé, puis de la compote de pommes, ou une poire cuite. Rien que la vue des poires cuites lui soulevait le cœur!

Après, il partait, encore plus triste qu'à Bayeux, effrayé à l'idée de rencontrer son père qui prétendait lui défendre de sortir le soir.

On entendait la respiration de la mer, le bruit des vagues contre les quais, des grincements de poulies. C'est à peine si, en tout et pour tout, on voyait six becs de gaz et une douzaine de fenêtres éclairées.

Il suivait toujours le même chemin, arrivait près du pont tournant et se collait dans l'ombre, à attendre de voir la porte du *Café de la Marine* s'entrouvrir.

Il attendait la Marie, la Marie qui ne venait pas, qui n'était pas venue une seule fois depuis la mort de son père, depuis que cet homme de Cherbourg était sans cesse à rôder à Port!

Sans bouger, le dos contre le garde-fou glacé, il ruminait des pensées amères et des pensées atroces, des projets terribles qu'il n'aurait pu dire à personne, comme celui de se jeter à l'eau ou d'aller sans bruit attendre la Marie dans sa chambre dont on voyait la lucarne ronde dans le toit.

Il avait pensé aussi guetter un jour ce Chatelard, l'interpeller, le menacer. Ou encore, pourquoi pas, lui dire franchement qu'il aimait la Marie, que c'était son seul amour, sa seule raison d'être, la seule chose qu'il eût sur terre alors que pour lui, Chatelard, qui avait tout ce qu'il voulait, une gamine était sans importance...

Il y avait des moments où il pleurait tout seul dans son coin d'ombre et d'autres où il ricanait et, quand il se tournait vers l'autre rive du bassin, vers la baraque en bois de la douane, il serrait les dents et les poings parce que c'était là que jadis, quelques jours plus tôt encore, il leur arrivait de se retrouver, le soir, des soirs parfois si noirs qu'ils ne se voyaient même pas!

— C'est toi? chuchotait-il, sûr que c'était elle, avec son châle et ses sabots.

Et elle disait invariablement :

— Je suis en retard...

Maintenant, derrière le rideau, elle était là avec tous ces hommes et il n'y avait que lui à ne pas pouvoir entrer.

N'était-ce pas l'auto de Chatelard qui stationnait dans le recoin? Cet homme allait-il prendre l'habitude de dîner à Port et peut-être d'y coucher?

La porte ne s'ouvrait pas. Personne n'entrait, ne sortait et on ne voyait que les rideaux jaunes avec, au-dessus, un peu de fumée et la partie supérieure d'un tableau-réclame sur la tapisserie à fleurs sombres.

Tout cela n'était-il pas injuste? Viau avait-il le droit de boire toute la soirée dans ce café et d'interdire à son fils d'y mettre seulement les pieds pour venir dire un mot à Marie? Marcel n'était-il pas plus malheureux que n'importe qui au monde?

Son cœur battit, car la porte venait de s'ouvrir. Mais elle ne s'ouvrit pas assez, à peine de quoi lui laisser entrevoir les jambes et les sabots de deux pêcheurs tandis que quelqu'un sortait.

Il faisait froid. Marcel savait qu'un jour ou l'autre, à guetter de la sorte, il attraperait une bronchite et peut-être une pneumonie, comme sa cousine du Havre qui en était morte.

Il aimait encore mieux ça! Il souffrait trop! Puis soudain il était trop en colère et voilà qu'il prenait le parti de traverser la rue, qu'il le faisait, qu'il posait la main sur le bec-de-cane de la porte et qu'il poussait celle-ci, pris de vertige au contact de la chaleur odorante.

Il était trop tard pour reculer. C'est à peine s'il voyait distinctement choses et gens autour de lui. Peut-être six personnes, peut-être davantage parlaient à la fois et il marchait toujours, cherchant la Marie, ne la trouvant pas, atteignant la porte du restaurant et découvrant enfin la jeune fille en conversation avec Chatelard!

Il eut l'impression qu'elle riait. Il était

livide et il dit d'une voix qu'il ne reconnut
pas :

— Marie!

Il se voyait dans l'eau trouble d'une glace
encadrée de noir. Il voyait plus mal le reste,
hormis la robe et le tablier de la Marie, et
son regard étonné, son front qui se plissait.

— Dis donc, fiston..., prononçait une
grosse voix.

Il se retourna au moment où son père,
avec un effort, se dressait de sa chaise, plus
grand et plus large qu'il n'avait jamais été,
les moustaches humides, une vilaine flamme
dans les yeux.

— Depuis quand fréquente-t-on les cafés,
à ton âge?

C'était pour la galerie. Il savait que tout
le monde le regardait, s'apprêtant à rire de
ce qui allait se passer.

— Veux-tu me faire le plaisir de rentrer
à la maison sans perdre une seconde?

Mais Marcel, tendu, les oreilles bourdon-
nantes, prononçait :

— Marie!... Je *veux* que tu viennes un
instant...

Près d'elle, à la table qu'elle desservait et
qui était couverte d'une nappe, il y avait
deux hommes, Chatelard et l'Instituteur.

— Qu'est-ce que tu as dit, fiston?

Son père se dressait près de lui, comme un mur, et Marcel devait lever la tête pour le regarder dans les yeux.

— Je suis assez grand pour savoir ce que j'ai à faire...

— De quoi?... Qu'est-ce que tu dis?...

— Marie!... J'ai à te parler...

Il avait déjà imaginé des scènes tumultueuses dans leurs moindres détails, mais c'était quand il était seul dans l'obscurité et jamais il n'avait pensé que des choses pareilles pussent arriver réellement. Ses lèvres tremblaient. Pour un peu, il se fût mis à claquer des dents et d'instinct il levait le coude pour parer les coups.

Il n'avait pas tort, car une main s'approcha, saisit son oreille, la serra si fort que Marcel cria de douleur.

— File à la maison, tu entends?... File là-bas et attends-moi que je t'apprenne à vivre...

Des gens riaient. Marcel voyait des visages avec des expressions différentes, mais il n'y avait personne pour le défendre.

— Je ne rentrerai pas! déclara-t-il. Je veux parler à Marie...

— Qu'est-ce que tu dis?

— Je dis que je ne rentrerai pas, que je ne rentrerai plus... Je dis...

Une chaise fit du bruit en se renversant. Marcel reculait, car son père de toute sa masse le poussait vers la porte en lui tordant l'oreille.

— File, que je te dis!... File, garnement!...

Et Marcel, rageur, glapit encore :

— Marie!...

Il trébucha. On lui avait imprimé une trop forte secousse et il fit deux ou trois pas en arrière, perdant l'équilibre, heurta le bord du trottoir de son dos, resta un bon moment étendu avant de se relever, comme pour souffrir jusqu'au bout de son humiliation et de sa rage.

La porte du café s'était refermée et on entendait des voix, à l'intérieur.

III

Un air glacé s'exhalait de l'obscurité
vivante de la mer. Marcel grelottait, de
froid mais plus encore de colère, d'impatience. Il avait la fièvre. Il parlait tout
seul, sans cesser de s'hypnotiser sur ces trois
rectangles clairs qui, de l'autre côté de
l'étroit chenal, représentaient le *Café de la
Marine*.

— Elle ne viendra pas... Elle n'*osera* pas
venir...

Il s'agissait de la Marie, bien sûr, et
Marcel aurait été en peine de dire pourquoi
il employait le mot « oser ». Parce qu'il
évoquait une idée de défi, sans doute? Parce
que lui-même venait d'être humilié par son
père, jeté dehors, meurtri dans son orgueil
et dans sa chair et parce qu'il n'avait pas
osé se rebiffer?

Il fallait bien qu'à son tour il fasse peur à quelqu'un, à la Marie, qui savait maintenant qu'il l'attendait dehors et qui n'*oserait* pas venir.

Non seulement elle n'oserait pas à cause de lui, mais encore à cause de l'autre, du Chatelard : elle aurait honte de paraître courir après un gamin!

Voilà ce qu'était la vie! Et, pendant ce temps, la mer se gonflait, transperçait le jeune homme de son haleine humide qui sentait la vase. Derrière les rideaux crème, des hommes parlaient, buvaient, riaient, des brutes qui voyaient la Marie passer près d'eux, qui entendaient sa voix et qui n'étaient pas émus!

— Elle n'osera pas venir! Je le savais...

Il y avait un fond de tricherie dans le cas de Marcel, car s'il se répétait avec tant de force qu'elle ne viendrait pas, c'était dans l'espoir d'être détrompé.

— Elle ne viendra pas!

Et le miracle se produisait enfin, le plus naturellement du monde, si naturellement que c'en était déroutant. La porte du café s'ouvrait et se refermait aussitôt tandis que la Marie se profilait sur le seuil. Elle y restait un moment, le temps de mettre son manteau sur sa tête, comme font les filles du pays quand il pleut.

Comment pouvait-il avoir l'impression qu'elle était pâle, alors qu'elle était si loin et qu'elle n'était pas éclairée? Elle jetait un coup d'œil à droite, un coup d'œil à gauche. Elle ne l'avait sûrement pas vu, à demi caché qu'il était par la baraque des douanes, mais elle s'élançait néanmoins, traversait la rue en courant, franchissait le pont tournant où elle ralentissait le pas, d'instinct, parce que le pont était bruyant.

A deux ou trois mètres, comme les autres fois, elle prononçait :

— Tu es là, Marcel?

Puis aussitôt, sans colère, mais sans indulgence :

— C'est-y que t'es devenu fou, à présent?

L'absence de la lumière donnait plus de relief aux visages, car on se regardait de tout près et on aurait pu croire que c'était la chair qui était phosphorescente. Marie voyait certainement que Marcel n'avait pas son expression normale et elle fronçait les sourcils, questionnait avec impatience en serrant le vêtement sur sa poitrine :

— Qu'est-ce qui t'a pris, dis? Voudrais-tu des fois me faire perdre ma place?

— Marie...

— Quoi, Marie? D'abord, je ne veux pas que tu viennes au café, t'entends?

— Et si je ne voulais plus que tu y retournes? osa-t-il articuler.

— T'as rien à dire! Ce que je fais ne te regarde pas...

— Marie!...

— Marie! Marie! Marie! Quand t'auras répété mon nom cent fois, tu seras bien avancé!

Il était tout près d'elle et pourtant il n'osait pas la toucher. Il ne s'était rien passé, en somme, mais il lui semblait impossible qu'elle lui donnât encore le droit de serrer sa petite main rêche dans la sienne, de laisser glisser ses lèvres sur son cou tiède.

— Je suis malheureux..., balbutia-t-il humblement.

— T'es un gamin, voilà ce que t'es!

— Souviens-toi, Marie...

— Parce qu'on s'est embrassés cinq ou six fois dans le noir, tu te figures...

— Je t'aime!

Il baissait la voix, impressionné par ce

mot-là, et elle haussait les épaules, laissait tomber, en regardant avec anxiété vers le café :

— T'es bête, tiens!

— Tu m'as dit que tu m'aimais aussi...

— Alors, parce qu'on a dit ça une fois à un garçon...

Il poursuivait, pris de vertige :

— Tu en aimes un autre, n'est-ce pas? Tu aimes cet homme...

— Tais-toi, Marcel... Faut que je rentre, sinon on va me chercher... Tu dois promettre de me laisser tranquille...

— Avoue que tu l'aimes...

— Je te dis que t'es bête!...

— Avoue...

C'était l'instinct qui la poussait à ne pas s'attarder. Faute d'être déjà partie, elle dut rester, car on entendait le bruit d'un lourd crochet de fer, le crochet du pont qu'on commençait à manœuvrer. Un petit coup de sirène était parti du fond du bassin, comme un appel de bête dans la nuit. Une masse noire glissait dans le chenal avec un feu vert et un feu rouge qui semblaient frôler les maisons du quai.

— C'est malin! constata-t-elle.

Surtout que la porte s'ouvrait, en face!

Un homme sortait du café et on distinguait le point rouge de sa cigarette. C'était Chatelard, qui faisait mine de prendre le frais, mais qui devait chercher la Marie des yeux, qui devait déjà avoir aperçu le bout de tablier blanc dépassant de son manteau!

Le chalutier approchait. Marcel, d'une voix lamentable, recommençait :

— Écoute, Marie...

— Je ne veux rien écouter!

— Je ne sais pas de quoi je suis capable... Il faut que tu viennes avec moi... Nous partirons tous les deux...

Et calmement, en le regardant dans les yeux, elle questionnait :

— Tu es complètement maboul, oui?

En passant entre les deux murs de pierre, le bateau s'était soulevé et maintenant il se soulevait davantage dans le bassin, fonçant vers le chenal où on ne voyait que deux lucioles. Le pont, sans bruit, revenait à sa place.

— Marie!...

Chatelard, de l'autre côté, restait encore un peu sur le seuil, pénétrait dans le café et refermait la porte. La Marie atteignait le seuil à son tour et ne se retournait même pas. Elle saisissait la poignée. Elle était à l'intérieur, dans la fumée, dans le chaud, dans le bruit, dans le vivant.

*

Comme elle apportait un peu de froid dans ses vêtements, les hommes la regardèrent et elle prit un air indifférent, alla suspendre son manteau au crochet, le visage neutre, mais la respiration plus forte que d'habitude. D'avoir couru quelques instants, son cœur battait.

Un torchon à la main, elle essuya une table qui n'était pas plus sale que les autres et son regard, pendant ce temps, cherchait Chatelard qui n'était pas là. Comme s'il eût voulu répondre à ce regard, il appela, de la pièce voisine, en frappant une soucoupe avec une pièce de monnaie, et Marie put aller demander au patron :

— Vous avez l'addition?

Derrière le comptoir, derrière les bouteilles de l'étagère, s'étalait un mauvais miroir, gris et déformant, et la Marie s'y regarda un instant, se vit un long visage sans couleur, avec une mèche de cheveux qui pendait de travers et son col blanc qui s'était retourné. Elle ne fit pas un geste pour y remédier et elle eut même comme un sourire rentré.

— Quarante-deux francs cinquante à midi... Dix-sept francs de consommations... Quarante-six de dîner...

Les pêcheurs ne pénétraient guère dans la seconde pièce réservée aux hôtes de passage. Un poêle de faïence bleue en occupait le milieu et Dorchain, qui portait des bottes, s'étirait les jambes devant le feu.

Chatelard, lui, était debout, un drôle de sourire pas très franc sur les lèvres. Peut-être, à ce moment, la Marie n'était-elle pas très franche non plus? Elle mettait une certaine hâte à présenter son addition en se tenant loin de son interlocuteur.

— Vous n'avez pas de monnaie?

Il la laissa sortir pour faire le change. Elle en fut étonnée, car elle aurait cru qu'il dirait quelque chose. Elle replongea dans la fumée d'à côté, où le père Viau tenait toujours le crachoir. Elle compta la monnaie, revint, fit mine de partir à nouveau sans attendre son pourboire.

— Voilà! dit calmement Chatelard en lui tendant une pièce de dix francs.

Elle la prit, la glissa dans la poche de son

tablier et évita de détourner la tête, parce
qu'il la regardait dans les yeux et qu'elle ne
voulait pas paraître impressionnée.

— Alors, c'est lui?

Si maîtresse d'elle qu'elle fût, elle ne put
s'empêcher de commencer un sourire qu'elle
n'effaça qu'au prix d'un effort.

— Qui?

— Tu ne sais pas ce que je veux dire,
non?

— Non!

— Tu vas souvent le retrouver derrière
la douane?

Elle voulait qu'il pût la voir bien en face.
Elle ne baissait pas la tête. Ses narines
frémissaient, ses yeux brillaient.

— Chaque fois que je peux.

— Ce n'est pas lui qui, tout à l'heure, a
reçu une raclée de son père?

— Peut-être bien que oui... Je n'ai pas
fait attention...

Il était mal à l'aise, c'était évident, pas
fier de tenir des propos pareils, ni d'être là,
à s'attarder à cause d'une petite fille et d'un
gamin qui en était amoureux. Il en voulait
à Dorchain de lui adresser stupidement un
clin d'œil comme s'il se fût passé tout autre
chose.

— Il y a longtemps que ça dure?

— Assez...

— Et tu l'aimes?

Il feignait de rire, prenait un ton protecteur, comme on en adopte avec les enfants.

— Le grand amour?... Vous allez bientôt vous marier?...

— On n'a pas fixé la date...

C'était vertigineux. La Marie devait se mordre les lèvres. Tout frémissait, tout vibrait à l'intérieur d'elle-même et elle ne voulait pas le laisser voir, elle ramassait un peu de sang-froid pour s'empêcher de fermer à moitié les yeux.

— Ce n'est pourtant pas un pêcheur... Tu m'avais dit, je crois, que tu n'épouserais qu'un pêcheur...

Il avait trente-cinq ans! C'était un homme! Il crânait, d'habitude! Il se croyait plus fort, plus malin que les autres! Il possédait un grand café à Cherbourg, un cinéma, un bateau, une auto qui l'attendait à la porte...

Et il était là, un peu trop rouge, à ne savoir comment faire pour la questionner sur un gamin! Il ricanait. Il disait d'une voix fausse :

— Tu me prendras comme garçon d'honneur?

Elle profita de l'occasion pour en finir.

— Je vous ai déjà demandé de ne pas me tutoyer...

— Et lui? Il te parle à la troisième personne?

Elle trancha :

— Cela ne vous regarde pas!

Son front s'empourpra. Il fit un effort pour se contenir. Il gronda néanmoins :

— Dites donc, mon petit...

— Je ne suis pas votre petit...

— En tout cas, vous pourriez au moins être polie avec les clients...

— Les clients n'ont pas besoin de s'occuper des affaires des boniches...

Dorchain leva les yeux et les regarda tour à tour, ahuri, se demandant s'ils allaient se jeter l'un sur l'autre et se battre comme chien et chat. Mais la Marie, prudente, s'était rapprochée de la porte du café. Elle reprenait sa voix indifférente pour prononcer :

— Vous n'avez plus besoin de rien?

Chatelard évita de regarder son compagnon chez qui il devinait de l'ironie et sortit en grognant :

— A demain !... Ou à un autre jour... Je ne sais pas encore quand je viendrai...

— Qu'est-ce que je fais pour le cabestan?

Il ne répondit pas, haussa les épaules et endossa son pardessus. Le père Viau était debout, assez soûl et d'autant plus animé qu'on faisait le cercle autour de lui.

Chatelard s'arrêta, pour rien, pour se venger, pour défier au moins quelqu'un. Il attendit, espérant que le patron-pêcheur aurait une parole imprudente, ou un geste. Comme cela ne venait pas, il le regarda dans les yeux, avec tant d'insolence que tout le monde crut que c'était la bagarre. Même la Marie, qui s'apprêtait déjà à ramasser les bouteilles sur le comptoir.

Mais Viau fondait. Sa lourde silhouette oscillait. Des sentiments assez flous passaient dans ses prunelles et il finit par lever la main jusqu'à hauteur de son visage, de sa casquette, en un geste timide, honteux, qui pouvait passer pour un salut.

Chatelard se contenta de cette satisfaction d'amour-propre, fixa les marins l'un après l'autre comme pour marquer le coup, comme pour les prier d'enregistrer cette reculade. Il les sentit tendus, mécontents, mais trop hésitants pour agir.

— Salut à tout le monde !... lança-t-il en se dirigeant vers la porte.

La Marie était sur sa route. Il lui tapota la cuisse au passage, exprès, sachant qu'elle n'aurait pas le temps de réagir puisque l'instant d'après il était déjà dehors et mettait sa voiture en marche.

Il ne s'était pas donné la peine de refermer la porte. Ce fut le plus proche client qui la poussa du pied, avec violence, pour se soulager, lui aussi.

Viau grommelait entre ses dents, en fixant le plancher gris :

— ... crânera pas toujours comme ça...

On entendait le moteur, puis le grincement de l'embrayage. La Marie était là, une serviette à la main, au milieu d'eux, comme pour les encourager à reprendre la vie un instant interrompue.

Un chalutier appelait, du fond du port, afin qu'on lui ouvrît le pont. C'était la *Vierge des Flots* qui allait faire la coquille Saint-Jacques du côté de Dieppe.

*

On ne connut l'affaire que par bribes. Ceux-ci apportaient un détail, ceux-là en connaissaient un autre et tout cela mis bout à bout ne faisait quand même qu'une histoire pleine de trous, comme deux ans auparavant, quand un charbonnier anglais avait dû relâcher à Port et qu'une bagarre avait éclaté, vers minuit. Cette fois-là, tout s'était d'abord calmé. Les gendarmes étaient venus et repartis. Et ce n'est qu'à deux heures du matin qu'on avait entendu du bruit dans une ruelle et qu'on avait trouvé Paul, le mécanicien de l'*Émilie*, qui venait de recevoir un coup de bouteille sur la tête.

Dans le cas présent, les faits étaient moins graves, mais l'impression était du même genre, l'impression que laissent toutes les choses violentes et imprévues : une impression d'autant plus pénible qu'on ne comprend pas et que le seul coupable, en somme, est la fatalité.

On avait continué à plaisanter Viau. On avait peut-être eu tort. Il était bien assez lancé comme ça! Mais, du moment que Chatelard était parti, on en profitait pour en parler comme on aurait voulu le faire devant lui.

Et on en racontait! que, parce qu'il était de Cherbourg, il se croyait tout permis;

qu'il avait acheté la *Jeanne* rien que pour les narguer et que, parce qu'il avait comme maîtresse une fille de Port, il s'imaginait qu'il pouvait aussi caresser les autres...

On en dit tant et tant qu'à la fin c'était tout juste si le vieux Jules n'était pas mort de l'inconduite d'Odile, donc par la faute de Chatelard!

Dorchain n'aimait pas les bagarres et avait rejoint son bord où il était seul à coucher.

Pouvait-on deviner que tout ce qu'on disait se mélangeait étrangement dans l'esprit de Viau?

Pendant des années et des années, il n'avait guère bu plus qu'un autre, plutôt moins. On n'avait jamais rien eu à lui reprocher, au contraire! C'était un homme qui, comme il le disait volontiers, faisait ce qu'il pouvait et n'hésitait pas à rendre service.

— Il est méritant...

C'était le mot. Il méritait mieux que ces malheurs qui lui tombaient dessus et, depuis que son bateau était vendu, depuis qu'il voyait des gens, dans le port, occupés à le remettre à neuf, cette idée de fatalité malveillante tournait à l'idée fixe.

— ... vous dis que ça ne durera pas toujours... s'obstinait-il à grogner ce soir-là.

— C'est que c'est plus difficile de lui tirer les oreilles qu'à ton fils...

Des mots comme ça, en buvant! Puis tout le monde, engourdi, le corps chaud sous les blouses de toile, se sépara sur le seuil. On entendit des pas dans des directions différentes. Il y en avait qui s'arrêtaient encore un moment à regarder courir l'eau dans le chenal.

Viau ne marchait pas très droit. Il lorgnait, de loin, une lumière qui ne pouvait provenir que de sa maison et se demandait qui était encore debout à cette heure.

A vrai dire, il ne pensait plus à son fils; peut-être avait-il oublié qu'il l'avait jeté hors du café.

Il s'arrêta devant la porte vitrée derrière laquelle la lampe brillait. Puis il entra. Et alors il vit quelque chose par terre, dans la cuisine, quelque chose qui était son fils, étendu de tout son long.

Il n'avoua jamais à personne qu'à ce moment précis il le crut mort et que, quand il se pencha pour le toucher, il était prêt à sangloter.

Seulement Marcel n'était pas mort, pas

même blessé! Marcel s'était couché là parce qu'en rentrant il s'était senti si malheureux, si désespéré qu'il n'avait pas trouvé d'autre place en harmonie avec son état d'âme.

Il était le plus déshérité des hommes! Il n'était pas beau, ni fort, comme un Chatelard. Jusqu'à ses cheveux qui refusaient de se laisser peigner comme ceux des autres!

Sa mère était morte! Sa sœur était idiote! Son père ne l'aimait pas puisque, tout à l'heure encore, il l'avait humilié devant tout le monde et devant la Marie!

Personne ne l'aimait, ne pouvait l'aimer! Il était comme un chien galeux dont nul ne veut, un chien malade qui va se coucher piteusement dans un coin!

Voilà pourquoi il était par terre : pour se gorger de son propre malheur, de ses sanglots, pour se soûler de désespoir!

Comme il était tout près du poêle, où subsistait un reste de feu, il avait les joues brûlantes et sa bouche, qui avait sucé des larmes, gardait une saveur salée.

— ... que tu fais là, à présent?

Il ne dormait pourtant pas, mais il était engourdi. Il avait entendu rentrer son père sans l'entendre. Il trichait toujours pour se sentir encore plus malheureux et il n'était pas fâché d'émouvoir au moins un être puisque sa sœur ne s'était même pas réveillée au bruit de ses sanglots.

— ... t'es pas fou, non?

Il tourna vers son père un visage congestionné, aux yeux luisants, à la bouche vermeille.

— ... tu veux te lever, dis?

A ce moment, il y avait encore deux ou trois consommateurs du café à errer par les rues. La Marie était montée dans sa mansarde et commençait à se déshabiller sans penser à Marcel. Elle était obligée de se déshabiller dans le noir parce que, la veille, elle avait entendu le patron dans le couloir, où il devait coller son œil à la serrure.

Elle se coucha. Les draps étaient glacés, humides. Elle entendit des portes qui se fermaient et, très loin, un bruit de chaîne.

Viau et son fils avaient leur lit dans la même chambre, à côté de la cuisine. Viau, qui était fatigué, grommela, debout près de la porte :

— Couche-toi!

Et Marcel eut le malheur de répliquer :

— Je n'ai pas sommeil...

— Je te dis de te coucher...

— Je n'ai pas sommeil...

Viau dut se souvenir à ce moment que son fils était entré au café. Dieu sait comment cette idée lui vint; toujours est-il qu'il balbutia, l'œil soupçonneux :

— Tu ne serais pas soûl, des fois?

Le gamin haussa les épaules. Le père s'obstina.

— Laisse sentir ton haleine...

— Non!

— Tu vois que t'es soûl!

— C'est toi qui es soûl...

— Hein?... Qu'est-ce que tu dis?...

Il dut être menaçant, ou bien esquisser un geste que le gamin prit au tragique. On ne pouvait pas savoir, on ne saurait jamais, car, plus tard, ils seraient incapables l'un comme l'autre de mettre en ordre leurs souvenirs.

Chez l'un c'était la fièvre du vin, chez l'autre la fièvre d'amour ou de croissance. La cuisine était exiguë, avec ses meubles et ses objets familiers, dont certains étaient à leur place depuis quinze ans!

— Répète que...

— Je te dis que t'es soûl... Tu es une brute!... Tu es un lâche!... Oui, un lâche!...

Il pleurait en criant. Sa sœur se retourna

sur son lit sans s'éveiller tout à fait, car elle n'entendait rien.

— Sale petit morveux!... Je vais t'apprendre, moi...

*

Une fenêtre s'ouvrit, puis une autre. On avait entendu un vacarme d'objets qui se brisent, dans la cuisine des Viau, on ne savait pas au juste quoi. La porte béante projetait sur le trottoir un rectangle de lumière.

Les uns dirent qu'il y avait eu des coups échangés; les autres prétendirent que Viau, quand il était en colère, choisissait avec discernement les objets qu'il voulait casser pour se calmer les nerfs.

On finit par entendre :

— ... je te préviens que, si tu passes cette porte, tu ne remettras plus les pieds ici... A toi de choisir...

On ne voulait pas intervenir. Ce n'était pas encore assez grave. On se demandait si le gamin allait sortir. On percevait comme un sanglot, plutôt une plainte sourde.

— T'as bien compris... Si ta pauvre mère était encore de ce monde...

*

Le matin, il pleuvait et les femmes se collaient sur les seuils, certaines, qui allaient aux provisions, avec leur manteau sur la tête, comme la Marie l'avait fait la veille.

La porte des Viau était fermée. On n'entendait aucun bruit à l'intérieur et il n'y avait pas de fumée au-dessus de la cheminée.

C'était une pluie douce et rafraîchissante, si fine qu'on ne la sentait pas tomber, qu'il n'y avait pas de gouttes, mais que le paysage, les gens, les objets étaient entourés d'un halo d'humidité. On aurait dit que l'air bougeait, doucement, sans bruit.

... A un moment donné, le gamin est sorti, en courant... Il a fait quelques pas sur le trottoir puis il s'est arrêté... Je croyais que son père allait venir sur le seuil pour le rappeler... Marcel ne voulait sûrement pas partir... Peut-être qu'il n'était sorti que parce qu'il avait peur?...

On disait ces choses tristement, en regardant les bateaux immobiles dans la vase, avec, autour de chacun d'eux, des restes de poissons.

— Mon mari n'a pas voulu que je descende... Il commençait à pleuvoir...

Les vieux, malgré la pluie, étaient à leur place, sur le parapet de pierre, près du pont tournant, et, eux aussi, parlaient de Viau.

— ... l'était-il si soûl que ça?

— ... on peut pas dire...

— ... où qu'il a pu aller?...

Le gamin était sorti, s'était arrêté sur le trottoir, espérant qu'on allait venir le rechercher comme il avait espéré quelques heures plus tôt, près du *Café de la Marine,* que la Marie viendrait le réconforter.

Voyait-il son père, par la porte ouverte? Voyait-il les voisins en chemise à leur fenêtre? Pleurait-il? Certains disent que oui. Tous affirmaient qu'il était tout pâle, comme si on n'était pas fatalement pâle dans l'obscurité!

On se demandait ce que Viau faisait, à l'intérieur.

Tout ce qu'on savait, c'est qu'à un certain moment la porte avait été poussée, comme d'un coup de pied, et s'était refermée avec fracas.

La marchande de journaux, qui habitait deux maisons plus loin, avait appelé timidement :

— Marcel !... Psssttt... Marcel !...

Marcel avait sûrement entendu, mais ne s'était pas retourné. Il s'était mis à marcher, dans la direction du fond de la ville, là où se croisent les routes de Bayeux, de Grandcamp et d'Arromanches.

La marchande de journaux avait encore dit à son mari, elle le répétait maintenant à tout le monde :

— On devrait aller le chercher... Qui sait ce qu'il est capable de faire?... Demain, son père n'y pensera même plus...

Mais le mari avait répondu :

— Faut pas se mêler des affaires des autres !

La vie, au marché au poisson, se déroulait comme les autres jours, car les mareyeurs des environs n'avaient pas le temps de s'occuper du fils à Viau.

Mais les gens de la ville, eux, en avaient comme un poids sur l'estomac.

Ce n'était pas si tragique que la fois du coup de bouteille sur la tête. Et encore ! Qui sait? Le matelot n'avait eu que le cuir chevelu d'arraché et cela ne l'avait pas empêché de se marier dans l'année!

Est-ce qu'on pouvait savoir ce qu'allait faire un gamin comme Marcel, dont la sœur n'était déjà pas comme une autre, ce qui venait sûrement de famille?

Le voile de pluie s'épaississait, sans qu'il y eût toujours de gouttes visibles. Les falaises, des deux côtés du port, étaient de grands murs gris avec, au-dessus, comme une maladie, de la verdure jaunâtre et, très loin, un clocher en pointe. Le vent était tombé. L'air était plat. Et la mer se retirait, à peine ourlée, sombre et glauque.

L'air sentait le poisson, comme toujours à pareille heure. Il y avait des raies affalées sur les pavés, près de la fontaine, avec des plaies sanguinolentes et une peau blême de cadavre. Les camionnettes étaient rangées les unes derrière les autres jusqu'au bout du quai. Les femmes en sabots portaient les paniers de marée.

— ... Y va regretter ce qu'il a fait... N'ont même pas de famille dans le pays...

On cherchait malgré soi le gamin dans tous les coins. On se disait qu'il ne pouvait pas être allé loin. On avait peur, tout à l'heure, de le retrouver sur la vase du bassin.

La Marie, debout depuis six heures du matin, servait le casse-croûte aux mareyeuses et les entendait discuter des cours du poisson tandis que des gens du pays, sur le seuil, ne parlaient que du fils à Viau.

On ne pouvait pas savoir ce qu'elle pensait. On ne l'avait jamais su et c'était bien pour ça que chez elle on l'appelait la Sournoise.

Elle était pâle, mais c'était son teint habituel. Elle servit sans rien dire Dorchain, qui venait prendre son petit déjeuner après avoir mis les ouvriers en chantier à bord de la *Jeanne*.

Elle s'arrêta pourtant de servir, son plateau à la main, quand, vers neuf heures, Viau passa, en sabots noirs, sa casquette de marin sur la tête, en tenue d'homme qui va à la mer.

On avait vu sa porte s'ouvrir, quelques instants plus tôt. Il n'avait pas salué les voisines. Il s'était mis à marcher, en regardant droit devant lui. Et il marcha jusqu'au pont tournant où étaient les autres, tous les marins de Port qui ne se trouvaient pas en mer à cet instant.

— Salut!... leur fit-il comme les autres jours.

Mais ses moustaches frémissaient. Il les fixait l'un après l'autre comme pour les supplier de ne rien lui dire, de ne pas avoir l'air de savoir, de ne pas le regarder comme ils le regardaient.

Puis, brusquement, il fit demi-tour et entra au café, s'accouda au comptoir derrière lequel la Marie venait de passer.

— ... café..., articula-t-il du fond de la gorge.

Peut-être qu'il s'attendait, en levant les yeux vers elle, à trouver dans ses yeux de la pitié, de la compréhension, un peu de sympathie, quelque chose comme si elle eût été un peu de la famille.

Mais au même instant elle tournait la tête vers le quai où on entendait une auto s'arrêter et elle marquait un temps d'arrêt en le servant. La portière de la voiture s'ouvrait et se refermait.

C'était Chatelard qui arrivait, deux heures plus tôt que de coutume, avec l'allure pas commode de quelqu'un qui a mal dormi.

IV

Cela ne se haussait pas jusqu'au drame, mais l'événement, dans sa mesquinerie, n'en déteignait pas moins sur toute cette journée-là.

Il n'y avait pas de rassemblements et les gendarmes étaient censés ne rien savoir. Quand le père Viau sortit du *Café de la Marine,* il fit exprès de se tenir droit et il alla acheter son pain et sa viande comme chaque fois qu'il allait en mer.

Le matin, des vieux avaient dit devant un ciel de demi-deuil :

— C'est à croire qu'on va avoir de la neige...

Dès dix heures, on était fixé. Les gouttelettes glacées en suspension dans l'air devenaient encore plus fines, plus serrées. De l'avant-port, on aurait dit une fumée qui accourait du large et les jetées s'estompèrent les premières, puis les falaises; une demi-heure plus tard, tout le monde avait pris cette même démarche hésitante qu'on adopte dans le brouillard.

La *Sœur-Thérèse* sortit quand même. On entendit de plus loin que d'habitude le pont tournant qui grinçait et les femmes groupées pour les adieux formaient un groupe indécis où un seul détail se précisait à la fois à mesure qu'on approchait, un châle, des cheveux roux, un enfant sur des bras, un tablier de toile bleue...

Viau était à bord. Il avait voulu partir, sans seulement faire allusion à son fils, mais il ne pouvait s'empêcher, au moment où le bateau sortait du chenal, de regarder du côté des falaises.

Pour Port-en-Bessin, ce n'était jamais qu'un gamin que son père avait mis dehors une nuit qu'il était ivre. On connaissait peu Marcel et justement on se reprochait soudain de n'y avoir jamais fait attention.

On en parlait sans insister, dans les boutiques, sur les trottoirs.

— ... l'avait-y seulement de l'argent en poche?

— Comment en aurait-y eu, vu qu'y en a point dans la maison?...

Alors, on faisait comme Viau : on jetait un coup d'œil furtif dans la direction des falaises. Savait-on si ce n'était pas un garçon capable de faire des bêtises? On l'avait vu grandir dans les rues, comme les autres, et personne n'avait pensé à le regarder de plus près.

Nul n'était responsable, bien sûr! On n'avait rien fait de mal! N'empêche qu'il s'agissait d'un enfant et que les grandes personnes, confusément, avaient comme des remords.

*

En arrivant, alors qu'il ne savait encore rien, Chatelard avait lancé à la Marie, comme une menace :

— Toi, il faudra tout à l'heure que je te parle!

Elle n'avait pas bronché. Elle voyait qu'il avait mal dormi et son aspect indiquait qu'il avait pris des résolutions. Au lieu d'être habillé comme en ville, il avait adopté une tenue qui tenait du vêtement de pêcheur et du costume de chasse, avec des bottes, pas de faux col, un assez vilain chandail et une casquette décolorée.

Cela ne signifiait-il pas qu'il en avait assez de ne rien faire sur son bateau et d'être tout le jour à rôder autour d'une môme au *Café de la Marine?* Il allait travailler de ses mains! Il allait se salir!

La Marie ne put s'empêcher de sourire tandis qu'il s'asseyait à côté de Dorchain occupé à casser la croûte. Elle comprit que l'Instituteur parlait de Marcel, puis que Chatelard était impressionné, comme les autres.

La preuve c'est que, de la journée, il ne fut plus question de ce fameux entretien avec la Marie. Chatelard fit vraiment ce qu'il s'était promis. La *Jeanne* avait été conduite sur la cale, tout au fond du port. L'eau, en se retirant, avait laissé le bateau à sec sur les grandes dalles couvertes de mousse verte. Des silhouettes s'affairaient, moins hautes que la quille, et, sur le poêle, du coaltar bouillait dans une marmite, répandant une virile odeur de goudron.

Le brouillard n'était pas assez épais pour empêcher de travailler, ni pour qu'on actionnât la sirène du port. Il ne faisait pas très froid non plus. C'était un temps sourd, maussade, d'une humidité désagréable et pénétrante, un de ces temps qui rendent les journées interminables et qui donnent envie de s'atteler à un travail déplaisant remis depuis longtemps.

C'était le cas pour Chatelard, qui travaillait comme un ouvrier. Comme les autres, il allait tremper dans le coaltar son pinceau fixé sur un grand bâton, puis, courant pour empêcher le liquide de se figer, il en enduisait un morceau de la coque.

Dès lors, cette coque, dont on n'arrivait à noircir que dix centimètres carrés à chaque coup, prenait les proportions d'une montagne.

Des charpentiers clouaient, sur le pont. Les mécaniciens achevaient de mettre le moteur au point.

Chatelard s'obstina longtemps dans sa tâche, mais, comme il fallait peindre à l'avant un double triangle jaune, il préféra ce travail et il abandonna le coaltar à ses compagnons.

Au déjeuner, il était sale et sans entrain. Il mangea, les coudes sur la table, en regardant la Marie comme s'il la rendait responsable de tout, de cette sotte histoire de Marcel, du brouillard, de l'ennuyeuse besogne qu'il fallait maintenant continuer jusqu'au bout.

On ne finirait pas ce jour-là, car les eaux déjà hautes avaient obligé à abandonner la coque et on travaillait sur le pont. D'autres pêcheurs, dans le bassin, travaillaient à leur chaloupe. De temps en temps ils lançaient un coup d'œil critique vers la *Jeanne* pour voir ce qu'on lui faisait et, bien entendu, ce jaune que Chatelard avait choisi pour l'étrave, en place du bleu ciel qu'il y avait auparavant, les choquait, comme n'importe quoi les aurait choqués, parce qu'il s'agissait d'un étranger.

C'était une journée à disputes et cela ne rata pas. Chatelard attrapa l'Instituteur, pour presque rien, et celui-ci bouda, ce qui était le comble. Un charpentier renversa un pot de peinture et la lampe à souder tomba dans la vase où il fallut aller la chercher.

Les regards de la Marie et de Chatelard s'étaient bien rencontrés, mais pas tout à fait comme les autres fois. C'était la Marie, aujourd'hui, qui semblait demander :

— Qu'est-ce que vous avez?

Et lui, renfrogné, répondait quelque chose comme :

— Tu vas voir que ce n'est pas fini!... Tu ne me connais pas encore, ma petite!... Tu as cru que tu pourrais toujours jouer avec moi... Attends seulement que je te montre comment je suis...

Il mettait une telle obstination à exprimer ces sentiments-là qu'elle ne pouvait s'empêcher de rire en rentrant dans la cuisine, de rire et d'aller se regarder dans la glace, contente d'elle!

Sans compter qu'il avait une façon ridicule d'être sale! Les autres étaient barbouillés de peinture aussi, avec de la vase jusqu'à mi-bottes. Sur lui, les taches étaient disposées de telle manière que cela devenait comique!

Dans l'après-midi, Marie entendit des gens qui, sur le trottoir, parlaient sûrement de Marcel, bien qu'on ne citât pas son nom. Elle vint sur le seuil, avec l'air de rien, mais ils avaient déjà fini et elle se contenta d'un coup d'œil dans la direction de la *Jeanne*.

Chatelard aussi entendit des bruits. On prétendait qu'une femme avait raconté à une autre qu'elle avait rencontré le gamin tout près du cimetière, c'est-à-dire à l'entrée de la ville.

A quoi bon s'occuper de cela?

Quand l'obscurité tomba, Chatelard pensa rentrer à Cherbourg sans passer par le *Café de la Marine,* ou plutòt il fit semblant de le penser, mais il savait qu'en fin de compte il entrerait, hargneux, en faisant sonner ses bottes sur le plancher, en se regardant dans le miroir pour s'assurer qu'il était sale à point.

— Sers-moi l'apéritif, toi!

Il disait cela comme une méchanceté, regardait l'étroite silhouette de la Marie se faufiler entre les tables et enrageait de voir son visage aussi calme, d'entendre sa voix questionner avec un naturel qui était une façon d'ironie :

— Avec de l'eau de Seltz?

Dorchain, qui boudait toujours, n'était pas venu prendre l'apéritif avec lui, mais avait suivi les ouvriers dans un autre café. C'était aussi stupide que le reste. Aussi stupide que la question du patron :

— Vous rentrez à Cherbourg malgré le brouillard?

Il allait coucher ici, peut-être? Il paya, monta dans sa voiture et il mit en marche. La Marie ne vint pas le regarder partir, ne s'approcha pas des rideaux. Les phares donnaient une mauvaise lumière jaune qui dessinait à peine deux cercles indistincts sur le pavé mouillé. Juste à ce moment, la sirène commença à hurler comme elle allait hurler toute la nuit.

Est-ce que Chatelard aurait pu dire pourquoi il sortait de Port à moins de trente à l'heure? Il ne s'en rendait pas compte. Il écoutait un bruit qui ne lui plaisait pas dans le moteur, se demandait s'il aurait de la lumière jusqu'au bout et des petits soucis ajoutés à des tas de soucis le rendaient furieux en dépit de sa solitude.

Il dépassa un tombereau qui rentrait en ville. Puis un mur qu'il longeait cessa et il allait rouler entre deux champs quand, d'instinct, il arrêta net sa voiture.

Quelque chose avait frappé le pare-brise. Un dixième de seconde, il avait pu croire que c'était un caillou, mais il réalisait déjà qu'il y avait dans la glace un petit trou rond entouré de fines fêlures en étoile et il comprenait qu'une balle avait passé par là.

Sans réfléchir, il ouvrait la portière. Il n'était pas armé. Il n'y pensait pas. Les mâchoires farouches, les poings serrés, il regardait autour de lui, essayant de distinguer une forme humaine dans le coton qui l'entourait.

— Saleté!... répétait-il entre ses dents.

Et soudain il bondissait, car il avait entendu, senti plutôt qu'on remuait non loin de lui. Il rencontra un être vivant L'élan le fit rouler par terre avec l'homme et il répéta quatre ou cinq fois saleté en frappant de toutes ses forces, tandis qu'en dessous de lui naissait un gémissement assourdi.

Il ne pensait plus à la balle, ne se rendait même pas compte qu'il frappait son agresseur et que l'idée ne l'effleurait pas de savoir qui c'était! Il se vengeait, simplement, de tout et de rien, non seulement de cette journée qui lui laissait un arrière-goût fade, mais des journées précédentes, de la scène ridicule de la veille, quand une gamine parvenait à le mettre hors de ses gonds et, pour tout dire, à lui enlever sa dignité d'homme.

Sa main, à certain moment, avait saisi une autre main qui tenait un revolver et alors, sans penser, Chatelard s'était mis à la tordre, de toutes ses forces, comme s'il eût voulu ployer une barre de fer.

Il entendit — il fut sûr d'entendre — un craquement, un craquement désagréable d'os, puis une plainte à peine perceptible, quelque chose comme :

— Oh!...

Et plus rien. C'était mou, soudain. Il n'avait plus que du mou sous lui, dans les mains, dans les bras. Il s'arrêtait de frapper, de broyer. Il reculait, reprenait haleine en se demandant s'il n'avait pas tué son adversaire.

C'était une impression étrange. Les premières lumières de Port n'étaient pas à un kilomètre, mais on ne les voyait pas. On entendait seulement le bruit assourdi de la sirène; une auto passa, venant de Bayeux, ralentit près de celle de Chatelard qu'elle faillit heurter, et une voix cria avec un fort accent normand :

— Pourriez pas vous ranger, idiot?

Il la laissa s'éloigner, chercha des allumettes dans sa poche. Quand la flamme éclaira un visage blafard d'adolescent, il ne fut pas étonné, bien que, pendant la lutte, il ne se fût pas préoccupé de l'identité de son agresseur.

C'était Marcel! Le gamin avait trouvé ça! Chatelard ne pensa pas à ramasser le revolver tombé dans l'herbe, un gros revolver d'ordonnance que Viau avait rapporté de la guerre.

Chatelard secouait le jeune homme, qui était inerte, sans réaction. Il murmurait :

— Holà !... Dites quelque chose, sacrebleu !... Remuez un peu...

Il ne s'affolait pas, parce qu'il savait que, par exemple, il n'avait pas serré le cou ni frappé à la poitrine, mais il était impressionné et il eut une sensation pénible quand, voulant soulever un bras, il sentit celui-ci se ployer en sens inverse.

Du coup, il n'hésita pas et chargea le corps sur son épaule, le posa sur les coussins de la voiture, reprit le volant.

Si on lui avait demandé ce qu'il voulait faire, il aurait été en peine de répondre. Il roulait. Il dépassait Bayeux. De temps en temps, il tendait la main vers son compagnon, le touchait et rencontrait toujours du mou.

Il était déjà loin, il y avait peut-être une demi-heure qu'il roulait quand il crut percevoir une respiration plus régulière, puis un gémissement.

— Tiens-toi tranquille, là derrière ! commanda-t-il.

Ça bougeait. Il ne voyait pas le blessé. Il

calculait qu'il en avait encore pour une vingtaine de minutes avant d'atteindre Cherbourg et il mettait tous les gaz.

— C'est malin, hein? Te voilà avancé, maintenant! Et moi, qu'est-ce que tu veux que je fasse?...

Il parlait pour lui seul, à voix haute.

— Sans compter que, si tu ne m'avais pas raté, tu serais encore dans de plus jolis draps... Tout ça pour une morveuse qui n'est même pas intelligente!...

On gémissait, derrière lui, régulièrement, à petits coups. Parfois il y avait une plainte plus forte, plus longue et enfin une voix murmura :

— J'ai mal!

— C'est bien fait pour toi!... Ça t'apprendra... Qu'est-ce que tu veux que j'aille raconter à la police, à présent?

Il n'attendait pas de réponse, prenait ses virages à la corde, évitait de justesse un camion dont il n'avait pas vu le feu arrière.

Quand la voiture s'arrêta sur le quai, à Cherbourg, en face du café, il était calmé et il avait oublié sa tenue, le coaltar dont il était barbouillé, la peinture jaune.

— Bouge pas, petit idiot...

Il courut jusqu'au comptoir, appela son gérant et un des garçons.

— Odile est ici?

— Elle doit être la-haut...

— Aidez-moi, vous deux...

Personne ne prit garde à eux. Ils entrèrent par la petite porte et grimpèrent l'escalier non éclairé qui conduisait directement au logement de Chatelard. Quand celui-ci ouvrit la porte, il découvrit Odile assise en face d'une grosse fille aux cheveux gras qui avait étalé des cartes sur la table.

— Qu'est-ce qu'elle fait encore ici, celle-là? cria-t-il.

Et il poussa du pied la porte de sa chambre. Il avait horreur des femmes qui tirent les cartes et en particulier de cette Syrienne luisante qui venait toutes les semaines voir Odile.

— Filez!... Mais oui!... Vous ne voyez pas que nous avons autre chose à faire?

— Tu as eu un accident, Chatelard?... Qui est-ce?...

— Ta gueule... Va me chercher le docteur Benoît... Je te dis d'aller le chercher et non de téléphoner... Tu veux y aller, oui?... Vous autres, vous pouvez descendre... Je vais venir... A propos, est-ce qu'on a apporté les affiches?

Il n'avait fait que passer d'une grisaille dans une autre, car sa chambre était peu éclairée et Odile avait encore voilé la lampe avec de la soie tango, une sorte de foulard terminé aux quatre coins par des glands de bois.

— Soulève-toi, que je retire ta veste... Soulève-toi, imbécile...

Il avait horreur de ce regard effrayé que le gamin fixait sur lui, et encore plus horreur de lui voir le visage maculé de boue et de sang.

Car il y avait du sang. Chatelard ne savait pas d'où il sortait. Ce sang suffisait à changer la physionomie de Marcel, qui avait vraiment l'air d'une victime, avec ces yeux égarés qu'on voit à ceux qu'on ramasse dans les catastrophes.

— Tu ne peux pas parler, non?

— J'ai mal...

— Tant mieux! Cela te fera les pieds...

— Qu'est-ce que vous allez faire?

Il haussa les épaules. La plupart des gens ont l'habitude des enfants, parce qu'ils ont des frères, des cousins, ou qu'ils sont pères de famille. Chatelard, lui, n'avait jamais

vécu en famille, ni fréquenté des adoles-
cents. Il regardait Marcel sans comprendre,
grommelait toujours :

— Pour être malin, tu es malin, va!...
C'est ce bras-ci?

L'autre poussa un cri. Parbleu! Il avait le
bras cassé, et bien cassé. Chatelard ne
s'était-il pas obstiné dessus comme sur un
barreau de prison? N'avait-il pas entendu
craquer l'os?

— C'est toi!... fit-il au médecin qui
entrait et qui était un ami. Entre... Ferme
la porte... Tu peux venir aussi, Odile... Mais
fais-moi le plaisir de te taire et de ne pas
prendre cet air tragique.

Odile, impressionnée, balbutiait :

— Qu'est-ce que je dois faire?

— Rien pour le moment... Viens ici,
Benoît... C'est un sale gosse qui m'a cherché
des histoires... Peu importe... J'ai été obligé
de lui sauter dessus et, ma foi, je ne sais pas
trop ce que je lui ai cassé... Si c'était
possible, vaudrait mieux que cela ne se
sache pas, surtout pour lui... Tu comprends?...

— C'est le petit Viau! s'écriait Odile en
reconnaissant enfin le blessé.

La phrase était banale. Cependant elle

fut prononcée de telle façon, avec ce mot Viau qui prêtait à confusion, que le docteur regarda la jeune femme avec stupeur et que Chatelard ne put s'empêcher de rire, d'un rire nerveux.

— Le petit Viau, c'est ça!... enchaînat-il. Je savais bien que, si tu parlais, ce serait pour dire une bêtise...

Là-dessus, il se mit à faire les cent pas, préférant ne pas voir ce qui se passait. De temps en temps, il entrouvrait les rideaux de velours de la fenêtre et apercevait la lumière orange de son enseigne.

Le gamin gémissait toujours, avec des cris inarticulés, tandis qu'Odile l'encourageait en psalmodiant des bouts de phrase qui ne signifiaient rien.

Pour passer le temps, Chatelard décrocha le récepteur du téléphone, demanda le cinéma.

— Allô!... Oui, c'est moi... Combien de location?... Pas fameux... Oui, je vais descendre...

Benoît s'approcha de lui, pas très encourageant.

— Une double fracture du bras... Ce n'est pas beau... Si tu ne veux pas l'envoyer à l'hôpital, il vaut mieux que je revienne avec un chirurgien...

— T'en connais un?

Benoît haussa les épaules.

— Alors, fais ce qu'il y a à faire... Je t'expliquerai ce soir... Odile te donnera tout le nécessaire...

Il venait seulement, en se regardant dans l'armoire à glace, de se rendre compte de sa tenue. Il commença à se déshabiller, se lava à grande eau en aspergeant jusqu'au milieu de la chambre, selon son habitude.

Il choisit un costume bleu marine, une cravate noire. Il y piqua une perle, machinalement, pas fâché de se retrouver propre et les cheveux lissés.

— T'as compris? fit-il enfin en s'approchant du lit où Marcel, affolé, subissait le contrecoup de ses émotions.

Le gamin détourna le regard et Odile éprouva le besoin d'esquisser une mimique suppliante, croyant peut-être que Chatelard allait à nouveau se mettre en colère.

— Je n'ai aucune envie d'aller raconter notre histoire à la police, d'autant plus qu'elle n'est pas tellement reluisante... On va réparer ton bras, après quoi tu iras te faire pendre ailleurs...

Et Odile, qui ne pouvait décidément pas se taire, de murmurer avec pitié :

— Il pleure!

— Eh bien! laisse-le pleurer...

Après quoi il préféra sortir, retrouver l'atmosphère familière de son café où, presque à chaque table, il y avait des gens de connaissance.

Il faut croire qu'il s'était levé du mauvais pied car, là encore, il eut une désillusion. D'habitude, il éprouvait un certain plaisir, presque un bien-être physique, à se sentir propre, rasé de près, élégamment vêtu et à serrer des mains, à s'asseoir un moment près de celui-ci ou de celui-là, à arbitrer un coup de belote, ou de *poker dice*, à parler à chacun de ses petites affaires.

Le café, comme le cinéma — surtout le vendredi, jour des habitués — c'était son domaine et il y régnait en maître, sans que jamais on contestât sa supériorité.

Partout des glaces lui renvoyaient son sourire condescendant, sa silhouette désinvolte. Des gens avaient des commissions pour lui, d'autres un conseil à lui demander et il y avait toujours, près de la porte, trois ou quatre jolies filles dont il considérait les manœuvres avec indulgence.

Or, ce soir-là, alors qu'il croyait se débarrasser de toute l'atmosphère collante de la journée, il se retrouvait sans entrain, sans goût, sans allant. Il examina machinalement le tiroir-caisse, s'occupa des affiches du ciné, puis d'un garçon qu'il avait renvoyé la veille et que sa femme venait le supplier de reprendre...

Il s'occupa de tout comme les autres jours, mais le cœur n'y était pas. Ne se surprit-il pas à grommeler :

— C'est une garce! Voilà ce que c'est!...

Autrement dit, il pensait à la Marie! Il se demandait s'il n'allait pas se mettre à la détester et si, en définitive, ce n'était pas à elle qu'il eût aimé tordre le poignet.

Depuis dix jours qu'il avait acheté la *Jeanne,* il crânait. Ici, à Cherbourg, il avait fait croire que c'était une occasion unique et, pour le prouver, il avait cité un prix très inférieur à celui qu'il avait payé le bateau.

Rien que ce détail n'était pas dans sa nature. C'était humiliant d'être forcé de s'en rendre compte.

Quand il partait à Port, il racontait qu'il avait l'intention d'armer là-bas toute une flottille de pêche, et c'était encore un mensonge.

Et pourquoi avait-il peint l'étrave en jaune, ce qui était effectivement ridicule? Pourquoi enfiler des bottes et travailler avec les ouvriers à étendre le coaltar?

Parce qu'il n'était pas dans son assiette, tout simplement! Parce que, depuis quelques jours, il n'était pas lui-même, parce qu'il tournait bêtement autour de la Marie, ce qui avait failli lui valoir une balle dans la peau.

Il s'était déjà assis à deux tables différentes. Le garçon, qui ressemblait au Président de la République, et qui en était fier, lui avait demandé quand il voulait manger, et il lui avait répondu par un geste vague.

Il erra autour des billards du premier, furieux contre lui-même, contre tout le monde et en particulier contre la Marie. Celle-ci se moquait de lui, c'était l'évidence. Et elle se moquait de lui parce qu'il était ridicule! Il la traitait en jeune fille! C'est à peine s'il avait osé lui frôler la taille et il avait rougi quand elle l'avait regardé sévèrement! N'empêche qu'elle devait se laisser peloter par tous les pêcheurs de Port-en-Bessin!

Puisqu'il n'était pas capable de se débarrasser autrement de cette maladie, il fallait en finir, tenir une bonne fois la Marie entre quatre z'yeux et lui prouver qu'un Chatelard ne se laisse pas faire indéfiniment.

Voilà! C'était décidé!

Et cette décision le soulagea tellement qu'il grimpa chez lui, trouva les deux médecins qui achevaient leur travail, tandis qu'Odile leur servait d'infirmière.

Marcel était aussi pâle que si on lui eût tiré tout le sang des veines. Maintenant qu'on l'avait lavé, on voyait que son arcade sourcilière était fendue et sa lèvre inférieure tuméfiée.

Le regard de Benoît disait :

— Dis donc! Il me semble que tu n'y es pas allé de main morte!

Et après? Pourquoi Chatelard se serait-il gêné? Était-ce lui qui avait attaqué ce petit crétin? Était-ce lui qui s'était servi d'un revolver?

L'autre, le chirurgien, le regardait encore plus sévèrement et devait penser qu'il était une grande brute.

— Où vas-tu le mettre? demanda Benoît.
— Pourquoi?

— ... parce que tu ne peux pas le jeter dehors dans l'état où il est... Il fait du 39 de température... Il en a pour quelques jours à garder le lit et...

Toujours des complications! Est-ce que Chatelard avait prévu qu'il recueillerait des blessés? Est-ce que sa maison était un hôpital?

Il n'y avait pas de place! Pas même assez pour lui, car tous les locaux possibles étaient réservés au café!

— Mon ancienne chambre... souffla Odile.

Après tout!... Il aurait autant aimé qu'on ne lui rappelât pas ça, mais enfin... Bien sûr qu'elle avait une chambre, celle qu'elle occupait quand elle était serveuse, une soupente plutôt, qu'on atteignait par un escalier sans rampe et sans lumière...

Qu'on l'y installe et que ce soit fini...

— Ça va!

— Qui est-ce qui va le porter?

— Tire ton plan! Tu ne veux pas que je le porte moi-même, non? Alors, essaie de te débrouiller...

Et, aux deux médecins :

— Vous venez prendre un verre?

Le chirurgien refusa, car il était invité à dîner. Chatelard lui promit des places gratuites de cinéma. Il offrit l'apéritif à Benoît, qui était un camarade et qui venait de quitter la marine.

— Il est vraiment amoché? finit-il par demander.

— A mon avis, le bras gauche ne se remettra jamais tout à fait... Qui est-ce?

— Personne!... Un gamin... Tu manges un morceau avec moi?

— J'ai une réunion à huit heures...

Comme par hasard! Et, comme par hasard, tous les habitués étaient partis. Il y avait un transat une heure plus tard. Il y avait aussi, au théâtre, une troupe de Paris.

Enfin, c'était l'heure creuse, entre l'apéritif et la soirée. La caissière dînait à sa caisse, comme toujours, avec son air faussement distingué de femme sur le retour qui a eu des malheurs.

Ce jour-là, Chatelard la détesta et se demanda comment il avait pu la supporter pendant deux ans.

— Qu'est-ce qu'il faudra vous servir? vint demander le Président de la République en simili.

— Je t'ai appelé?

— Non! Mais...

— Alors, attends que je t'appelle...

Il regarda l'heure, s'impatienta de ne pas

voir descendre Odile. Il attendit encore une dizaine de minutes, presque seul dans le café, appela enfin la petite du vestiaire.

— Va dire à madame Odile de venir...

Une gamine qui n'avait même pas pleuré, qui avait trouvé naturel de coucher avec lui et qui, au contraire, le regardait toujours avec l'air de demander quand l'envie lui en reprendrait!

— Madame Odile est couchée... vint-elle annoncer.

— Hein?

— Il paraît qu'elle est très fatiguée et qu'elle a la migraine...

Il faillit la forcer à se lever. Puis il regarda la petite en robe noire qui attendait et il se demanda si, en fin de compte, ce ne serait pas un dérivatif. Il y avait un vieux truc. Il suffisait de lui dire d'aller lui porter quelque chose à son bureau. Ce bureau était à côté, au cinéma. Il y avait un étroit divan du même mauve que les fauteuils d'orchestre, à côté des piles de films dans leurs boîtes en fer-blanc.

— Ça va!...

Elle n'avait peut-être pas entendu. Elle restait là.

— Eh bien! Je te dis que ça va...

Combien étaient-ils, au *Café de la Marine,* autour de la Marie? Avec eux, avec tous ceux qui portaient des blouses de toile rêche, bleues ou cachou, elle se montrait gaie et gentille. Elle les appelait par leur nom. Il avait remarqué qu'elle leur servait les verres à plein bord, quitte à faire un rond mouillé sur la table.

Près de la porte, une petite brune, qui n'était à Cherbourg que depuis trois semaines, s'obstinait à attendre le client, alors que ce n'était pas l'heure.

Il alla le lui dire, pour faire quelque chose.

— ... Perds ton temps, mon petit!... Même ce soir tu ne feras rien ici... Ce n'est pas le jour...

Sur la table, un bock pas entamé. Elle regardait le patron avec une petite angoisse.

— D'où tu es?

— De Quimper...

— Viens demain vers quatre heures... Il y a un banquet de société, au premier.. Après, c'est toujours bon...

Peut-être parce qu'il venait lui-même d'être à peu près bon, il éprouva le besoin de se venger et il alla se camper devant la caissière.

— Vous devriez savoir, madame Blanc, qu'on ne mange pas les moules avec ses doigts... D'ailleurs, quand on est à la caisse, on ne mange pas de moules...

— Mais, monsieur...

— Il n'y a pas de monsieur qui tienne...

Il en finirait une bonne fois avec la Marie et il serait enfin tranquille !

V

C'était invariable. Chatelard avait à peine une jambe hors du lit qu'une voix endormie prononçait :

— Tu ne vas pas à Port?

On l'aurait payée qu'Odile ne l'eût pas si bien dit. Il lui arrivait d'ajouter, engageante :

— Il a l'air de faire beau...

Et même :

— Si ce n'était pas mon blessé, j'irais avec toi...

Seulement, il y avait longtemps que cette candeur n'amusait plus Chatelard et c'est tout juste s'il prenait la peine de grommeler :

— Je ne vais pas à Port, non!

Voilà! qu'Odile se débrouille pour comprendre, si elle pouvait. Ou plutôt, ce n'était pas la peine, puisqu'elle n'essayait même pas. Couchée en chien de fusil dans le lit défait, un œil caché par l'oreiller, le corps enlisé dans le repos, elle n'était pourtant pas pleinement satisfaite, et tout en suivant du regard Chatelard qui s'habillait, elle remarquait :

— Toi, je ne sais pas ce que tu as, mais quelque chose ne va pas...

Il s'en allait. Elle restait encore un quart d'heure, ou une demi-heure, les yeux ouverts, les membres immobiles, à réfléchir et, quand elle réfléchissait de la sorte, son regard finissait toujours par sombrer dans la grisaille de l'armoire à glace où se reflétait un morceau de la fenêtre.

Enfin elle soupirait et sortait du lit; son premier geste, une fois debout, pendant qu'elle s'étirait, était de prendre un sein dans chaque main et de les frotter à travers la chemise dont le tissu grattait agréablement.

Avant, il y avait une bonne avec qui Odile pouvait bavarder pendant des heures, jusqu'à ce qu'il faille descendre pour une raison quelconque, mais Chatelard l'avait mise à la porte parce qu'elle buvait.

Odile ne s'habillait pas. Elle reculait

toujours autant que possible cette besogne désagréable. Elle gardait sa chaleur animale, son odeur de lit, et tous les chatouillis de la nuit. En robe de chambre, elle ouvrait les rideaux et regardait un peu par la fenêtre, mais c'était toujours le même spectacle, des camionnettes arrêtées au bord du quai, quelques bateaux de pêche, du pavé gras et des gens pressés.

Encore un petit effort et elle s'engageait dans l'escalier dont les murs étaient peints à l'huile, le bas en rougeâtre, le haut en assez vilain vert. Elle montait tout là-haut, où elle couchait jadis, quand Chatelard ne s'occupait pas encore d'elle. Elle entrait sans frapper et chaque fois l'odeur l'étonnait. Elle aurait dû y être habituée. Elle aurait dû savoir que chacun a son odeur. Non! Chaque jour elle avait le même mouvement de surprise. Il est vrai que Marcel, qui n'était encore qu'un gamin, sentait comme un homme, plus fort que Chatelard, peut-être parce qu'il était roux?

— Comment vas-tu? demandait-elle en arrangeant machinalement la couverture. Tu n'as pas eu trop mal? Tu as encore fait de laids rêves?

A vrai dire, elle avait toujours été plus à

l'aise dans cette chambre qu'ailleurs. Sans compter que Chatelard avait beau être gentil, il ratait rarement une occasion de se moquer d'elle, ou de la rabrouer.

Ici, elle faisait ce qu'elle voulait.

— Qu'est-ce que tu as envie de manger à midi?... Dis-le!... Tu sais bien qu'avec moi tu n'as pas à te gêner...

Le gamin finissait par demander :

— Qu'est-ce qu'il dit?

Il ne demandait pas :

— Qu'est-ce qu'*elle* dit?

Ce n'était pas tant de la Marie qu'il s'inquiétait que de Chatelard. Or, celui-ci n'était pas encore monté le voir. Après l'avoir amené chez lui et avoir appelé un docteur, il s'en désintéressait.

— Qu'est-ce qu'*il* dit?

— Il ne dit rien! Que veux-tu qu'il dise?

Marcel se comprenait. Il ne pouvait pas s'expliquer, mais il se comprenait.

— Qu'est-ce qu'il fait?

— Il ne fait rien...

— Il est allé à Port?

— Non... Il doit être en bas, ou au cinéma...

— C'est un grand cinéma?

— Oui... Comme tous les cinémas...

— Que joue-t-on?

— Je n'ai pas encore vu le programme de cette semaine... Sûrement un film américain...

Elle s'asseyait sur le lit. Si elle remarquait l'odeur, elle ne la détestait pas et même elle la trouvait assez agréable. Puis, Marcel, c'était quelqu'un avec qui elle pouvait être comme elle voulait, parler sans penser, dire des bêtises. C'était aussi quelqu'un qu'elle pouvait tripoter. Elle lui perçait les boutons qu'il avait sur la figure. Elle lui arrangeait son bras qui était dans une gouttière. C'était elle qui l'aidait à changer de chemise et cela ne lui faisait rien de le voir nu, avec une peau blême et une colonne vertébrale dont on pouvait compter les os.

— Qu'est-ce qu'il fait, dans le café?

— Est-ce que je sais, moi? Il parle. Il s'occupe de tout...

Elle ne comprenait pas que le gamin ne lui parlât que de Chatelard, toujours de lui, fût-ce pour poser des questions auxquelles elle n'aurait jamais pensé, comme par exemple :

— Vous dormez dans le même lit tous les deux?

— Bien sûr...

Elle ne se gênait pas davantage devant lui. Ainsi, ce matin-là, elle entreprit de se couper les ongles des orteils. Elle était assise au pied du lit, repliée sur elle-même, et ses cuisses se découvraient jusqu'à laisser apercevoir une ombre moite et soyeuse.

— Il faudra qu'un jour ou l'autre j'aille à Port pour voir ma sœur... disait-elle pour dire quelque chose. Je ne sais pas ce qui a pris à Chatelard... La semaine dernière, il y était chaque jour... C'est tout juste s'il n'y couchait pas... A présent que le bateau est prêt, il ne veut plus en entendre parler...

Elle constatait, mais elle ne s'inquiétait pas. C'était sa force. Du moment qu'il existait quatre murs, une lucarne, un lit, du moment qu'elle était calfeutrée dans sa propre chaleur, elle atteignait à la quiétude et peu lui importait ce qui se passait en dehors de son coin.

— Qu'est-ce que tu regardes? demanda-t-elle soudain en voyant à Marcel une drôle d'expression de physionomie.

Elle suivit son regard, s'aperçut de ce qu'il regardait, changea sa jambe de place en disant :

— Oh! c'est ça...

Puis elle se remit à bavarder, sans se presser, comme les couturières qui vont en journée.

*

— C'est encore moi, patron, avouait piteusement l'Instituteur au téléphone. Qu'est-ce que je dois faire?

— Attendre!

— C'est que je...

— Je te dis d'attendre... Quand j'irai là-bas, je verrai et...

Mais il n'y allait pas! Il ne voulait pas y aller! Il trouvait tous les prétextes et il avait même commencé un inventaire complet de la cave qui mettait son personnel sur les dents et qui l'ennuyait tout le premier.

Il était capable, comme ça, de vivre des jours et des jours sans dire un mot de ce qui le tenait au cœur et peut-être, en définitive, sans y penser, du moins ce qu'on appelle penser, exprès, en s'en rendant compte.

Il savait qu'à Port on se demandait ce que ça voulait dire. La *Jeanne* était prête. Il n'y avait aucune raison pour qu'elle ne prît pas la mer et il suffisait, au pis aller, de recruter un équipage à Cherbourg. Il avait bousculé tout le monde pour hâter les travaux. Maintenant que c'était fini...

Personne, pendant ce temps-là, ne se serait permis de le contredire. Dès le premier matin, la consigne avait circulé :

— Gare au patron !...

Ça se voyait ! Il allait dénicher dans les coins un verre mal lavé ou un torchon qui traînait. La caissière, qu'il avait prise en grippe sans raison, n'avait pas une heure de répit et finissait par vivre du matin au soir dans les transes.

— Toi, mon petit, disait-il à une vieille habituée, je voudrais que tu ailles faire la retape ailleurs que dans mon café... Tu es un peu trop voyante, tu comprends... Ma maison n'est pas un bobinard !...

Il y en avait pour chacun, y compris le garçon en forme de Président de la République. Chatelard découvrit qu'il avait des pellicules et lui conseilla de se laver la tête au pétrole !

Cela ne pouvait pas durer, évidemment, mais la fin, comme toujours, fut imprévue. C'était un soir qu'il mangeait des moules en tête à tête avec Odile. Il les mangeait avec ses doigts, ce que la caissière, de sa place, constatait avec plaisir (mais elle ne pouvait pas le faire remarquer!). Les écailles tombaient avec bruit dans un plat d'émail.

— A propos...

Odile leva la tête. Lui continua de manger, afin de donner aussi peu d'importance que possible à ce qu'il allait dire.

— tu devrais téléphoner à ta sœur de venir te voir.

— A la Marie?

Le bruit des moules, la rumeur du café et un assez long silence. Est-ce qu'Odile pensait? Est-ce qu'elle allait trouver quelque chose?

— Oui... J'ai envie de la voir... poursuivit Chatelard.

Et, se tournant vers le garçon :

— Émile! demande-moi le 3 à Port-en-Bessin au téléphone...

— Qu'est-ce que je dois lui dire? s'inquiéta Odile.

— Dis-lui que tu veux qu'elle vienne... Je ne sais pas, moi!... Si elle hésite, raconte-lui que tu es malade...

— Ce n'est pas vrai...

— Qu'est-ce que ça peut faire?

126

Toujours les moules. Chatelard buvait le jus avec une écaille.

— Je lui parle de Marcel?

— Non...

— Vous avez le 3 à l'appareil, vint dire le garçon.

Elle se leva la première. Chatelard hésita un instant et suivit, pénétra dans la cabine, mais ne prit pas tout de suite le second écouteur.

— C'est toi, Marie?... Oui, c'est Odile... Qu'est-ce que tu dis?... Non, je vais bien... Voilà... Je te téléphone pour te dire...

Et elle s'arrêtait, regardait Chatelard qui lui adressait un signe impérieux.

— ... que je voudrais que tu viennes me voir... Si!... Je ne peux pas t'expliquer ça au téléphone... Allô!...

Chatelard finit par prendre l'écouteur, avec une sorte de timidité. Il entendit la voix de Marie qui prononçait tranquillement :

— Quand?

— Je ne sais pas, moi...

Il souffla :

— Demain...

Et Odile répéta docilement :

— Demain... Ce ne sont pas les trains qui

127

manquent... Alors, tu viens... Chatelard
sera bien content...

Il la regarda avec rage. Elle perdit la
tête, bafouilla et finit par raccrocher. Ils
revinrent à leur place avec l'air de se
disputer.

— Pourquoi es-tu fâché que j'aie dit...

— Parce que je ne t'ai pas chargée de
cette commission. C'est tout! Émile!...
Apporte les fromages...

Il était mécontent de lui et d'elle,
mécontent surtout de l'effet que ça lui avait
produit d'entendre la voix de la Marie au
téléphone.

— Qu'est-ce que tu as?

— Je n'ai rien...

Et, comme elle ne pouvait rater une
occasion de faire une gaffe, elle poursuivait
avec une belle assurance :

— C'est drôle... Au fond, tu t'intéresses à
ma sœur...

— Vraiment?

— Ce n'est pas que je sois jalouse... Je
connais la Marie...

— Et alors?

Il la regardait de telle sorte qu'on pouvait croire qu'il allait la battre.

— Alors, rien... Qu'est-ce que tu as?...
Chaque fois qu'on parle de la Marie...

— C'est moi qui en parle, oui?

— C'est-à-dire...

— Alors, tais-toi!... Tu m'agaces, à la
fin!...

Puis, après un silence :

— Tu ne lui as même pas demandé quel
train elle prenait...

*

Tout fut prévu, assez salement pour tout
dire. Chatelard n'avait pas lieu d'être fier
de lui, mais ça lui était égal. Il s'était levé
plus tôt que d'habitude et il s'était rasé
avec soin. Il avait même, comme un jeune
homme, changé de linge et il s'était tourné
vers Odile pour voir si elle le remarquait.

Alors qu'il ne parlait jamais de Marcel, il
n'était question que de lui ce matin-là.

— Qu'est-ce qu'il dit?... Comment va-
t-il? Quand pourra-t-il s'en aller?... Qu'est-
ce qu'il compte faire?...

Un truc, bien sûr! Tout cela ne servait
qu'à amener une autre phrase, qu'il dit en
se détournant car, à ce moment-là, il se

regardait dans la glace et sa tête lui déplut :

— Tout à l'heure, il faudra que tu lui parles... Si!... Remarque qu'il n'est pas question de le mettre dehors... Laisse-moi parler, voyons!... Donc, tu le questionneras adroitement... Tu essaieras de savoir quels sont ses projets...

— Mais...

— Je te prie de ne pas m'interrompre... Tu feras ce que je te dis... Tu monteras et...

Tout en parlant de la sorte, c'était à la Marie qu'il pensait, avec une extraordinaire précision.

Tant pis! C'était comme ça! Si elle n'avait pas eu une attitude aussi désagréable, il s'y serait pris autrement.

— J'aurais peut-être pu aller chercher ma sœur à la gare... remarqua Odile.

— Ce n'est pas la peine... Elle trouvera le chemin toute seule...

— Qu'est-ce que je dois lui dire?

— Rien... Que tu as envie de la voir...

— Tu voudrais toujours qu'elle travaille ici?

— Moi? Cela m'est parfaitement égal...

— Si elle m'en parlait?...

Il pensait à l'heure du train. Il savait qu'il venait d'arriver, que la Marie devait sortir de la gare, se diriger vers le quai. Il calculait tout, à la minute près. Il disait négligemment :

— Je descends... A tout à l'heure... Si Marie vient, je la fais monter...

Il pénétrait dans le café et remettait une chaise dans l'alignement, d'un geste professionnel.

Ce matin-là, par hasard, il y avait du soleil, un soleil jaune mais un soleil quand même. Des gens, qu'on voyait de dos, étaient rangés au bord du quai et regardaient un chalutier qui venait de rentrer au port.

Chatelard allait et venait. Il jetait des coups d'œil en dessous à sa caissière, sachant qu'elle lui en voulait et qu'elle avait raison.

— Toujours fâchée? plaisanta-t-il.

— Je ne suis pas fâchée. Je suis votre employée et vous avez le droit de m'adresser des observations. Mais...

— Mais?...

— Je ne suis plus une enfant (tu parles! elle avait de la barbe!) et j'aimerais autant que, quand on a quelque chose à me dire, on ne...

— ... on ne le dise pas devant tout le monde! acheva-t-il.

Là-dessus, il esquissa une pirouette, car il venait de voir dans la glace la porte qui s'ouvrait. C'était elle! C'était la Marie! Il avait tant pensé à elle et pourtant il n'avait pas du tout imaginé qu'elle serait comme cela!

C'était ridicule, car elle n'allait évidemment pas venir à Cherbourg avec ses sabots, son tablier et ses cheveux en désordre!

Quand même! Cela la changeait. Elle avait l'air d'une drôle de petite personne, dans son tailleur noir qui lui donnait des lignes trop nettes, avec son sac à main qu'elle tenait devant elle, d'un geste comme il faut.

C'était étrange de la voir en visite, s'avançant vers le garçon, car elle n'avait pas vu Chatelard, et lui demandant poliment :

— Est-ce que Mlle Le Flem est ici?

Elle pourrait poser la question à tout le monde sans résultat, vu que Chatelard lui-même ne savait pas qu'Odile s'appelât Le Flem! Il rit. Il s'avança. Il était tout joyeux. Il en oubliait le vilain piège qu'il avait préparé.

— Bonjour, Marie!

— Bonjour, monsieur...

Vlan! Elle lui assenait tout de suite du monsieur. Comment aurait-elle pu l'appeler, au fait? Pas Chatelard, ni Riri, ni beau-frère! Alors?

— Ma sœur est ici?

— Mais oui, belle enfant!... Elle est là-haut qui vous attend... Émile! Conduisez Mademoiselle à l'appartement...

Elle était belle! Voilà! Maintenant, il était sûr qu'elle était belle! Il venait tout d'un coup d'en avoir la sensation. Ce n'était plus la Marie qu'il avait connue à Port-en-Bessin. C'était une petite personne très nette, qui savait ce qu'elle voulait et qui prenait des airs de dame en visite tout en suivant le garçon.

Elle ne s'attendait évidemment pas à ce que Chatelard la laissât tomber ainsi! L'avait-il bien dit? *Conduisez Mademoiselle à l'appartement...*

Ha! Ha! Comme si elle ne l'intéressait pas le moins du monde! Qu'est-ce qu'il avait de commun avec elle? Elle venait voir sa sœur, pas vrai? Qu'elles s'arrangent toutes les deux!

Ses yeux riaient. Il avait envie de faire des farces. Il revenait vers le comptoir.

— Qu'est-ce que nous disions, ma brave madame Blanc?

— Vous y tenez?

— Mais comment donc!

— Je disais que je ne suis plus une enfant et que je désirerais, à l'avenir...

Il était en joie. Cette arrivée de la Marie, là, dans le café vide, était quelque chose d'inouï! Il regardait la porte et il croyait la voir s'ouvrir, puis apercevoir la petite silhouette de la jeune fille. Voilà ce qu'il y avait! Pour la première fois, elle lui était apparue comme une jeune fille!

Parbleu! N'en était-ce pas une?

— Je vous écoute, madame Blanc...

— On ne le dirait pas...

Il passa derrière le comptoir et se demanda ce qu'il allait boire, quelque chose qui lui laisserait un bon goût dans la bouche. Il prit une bouteille, puis une autre, se gargarisa en fin de compte avec du vieux porto.

Il fallait attendre encore un peu, sinon cela ne paraîtrait pas naturel. Il alla se camper sur le trottoir, pour se rafraîchir. Il faisait délicieux. Une femme poussait une charrette pleine de merlans et la charrette laissait derrière elle un sillon mouillé.

134

Là-haut, elles devaient se raconter leurs petites histoires. En tout cas, Marie était venue! Et pourtant, elle devait se douter que c'était lui qui avait fait téléphoner Odile. Dans ce cas, la façon dont il était fier avait dû l'étonner.

— Tu descendras un peu le velum, Émile... Si on me demande, je ne suis là pour personne... Ah! J'allais oublier... Fais mettre deux poulets bien jeunes à la cocotte...

Il monta l'escalier. Ses prunelles riaient toujours, mais déjà il devait faire un effort. Il fut obligé de se dire à mi-voix :

— Tant pis pour elle!...

Il resta un moment derrière la porte, à écouter. Odile prononçait des mots comme :

— ... il n'a pas pour un sou de méchanceté...

Mais ce n'était peut-être pas de lui qu'on parlait. Il pouvait aussi être question de Marcel.

Odile était en chemise, pieds nus. Elle avait ouvert la garde-robe, sans doute pour montrer ses toilettes à sa sœur. Quant à la Marie, elle avait gardé son tailleur, mais elle avait retiré son chapeau qui devait la serrer, car on apercevait un trait rouge sur son front.

— Tu vois! Elle est venue... dit Odile, toute contente.

— Je vois...

Il ne faisait jamais très clair dans la chambre, car la seule fenêtre, qui donnait sur le quai, était encadrée de lourds rideaux de peluche; en outre, le papier de tapisserie était sombre et il y avait par terre un vieux tapis rougeâtre.

— Dis donc, Odile...

— Quoi?

Il la regarda pour lui faire comprendre :

« Surtout, ne pose pas de questions inutiles! »

Et il prononça :

— Je voudrais que tu montes pour ce dont je t'ai parlé ce matin...

Son regard l'empêchait de protester.

— Va vite!... Parle-lui... J'ai besoin d'être fixé car, tout à l'heure, je dois parler de lui à quelqu'un...

— Bon...

Elle ramassa son peignoir, attrapa des pantoufles qui traînaient, dit à sa sœur :

— Je descends tout de suite...

Elle eut pourtant, en marchant vers la porte, une seconde d'hésitation, comme si une idée l'eût enfin frappée. Mais cela passa aussitôt et tout ce qu'elle trouva fut :

— Essayez de ne pas vous disputer !...

Marie n'avait pas bougé. Elle était debout entre le lit et la fenêtre, à un mètre de l'armoire à glace qui renvoyait l'image de son dos. Chatelard l'épiait, par petits coups, puis, quand Odile fut dans l'escalier, il marcha vers la porte, lentement, gravement, comme on fait quelque chose d'important, de mûrement réfléchi, et il tourna la clef dans la serrure, mit cette clef dans sa poche, leva enfin la tête et regarda la Marie dans les yeux.

— Voilà ! dit-il.

Il y avait beaucoup pensé. Cependant, il n'avait jamais pu deviner ce qu'elle ferait. Il s'attendait à une réaction assez brutale, peut-être à un cri, à des injures, à des coups ? Il la voyait assez se débattre dans ses bras et griffer comme un jeune animal.

Or, elle ne bougeait pas. Elle ne détournait pas les yeux. On aurait pu croire, tant elle restait parfaitement immobile, qu'elle n'avait pas peur. C'était sans doute un hasard : elle avait toujours à la main son petit sac en cuir noir, avec une fermeture en métal, qui lui donnait l'air d'être en visite.

137

— Tu comprends, maintenant?

Quant à lui, il la regardait comme s'il l'eût détestée, durement, haineusement, avec une façon méchante d'avancer la mâchoire inférieure. A croire qu'il avait à prendre sur cette gamine figée une vengeance terrible!

— Viens ici...

Mais non! Elle n'allait pas venir d'elle-même! C'était à lui d'avancer! Il le faisait, avec gaucherie, car c'était beaucoup plus difficile qu'il n'aurait cru. Si encore elle s'était fâchée ou si elle avait pleuré! Si elle avait bougé! Mais non! Elle restait là, et son visage n'exprimait rien, ni surprise, ni colère, rien qu'une vague curiosité, comme si dans tout cela il n'eût pas été question d'elle.

— Tu ne t'y attendais pas un peu?

Après les premiers gestes, cela irait tout seul. Ce qu'il fallait, c'était supprimer toute distance entre eux, c'était la toucher, la tenir. Mais on ne se figure pas combien, à certain moment, il peut être gênant de lever un bras, de poser la main sur une épaule vêtue de serge noire!

Il le fit, pourtant. L'épaule ne tressaillit pas, ne se déroba pas davantage. Il dit :

— Vois-tu, ma petite Marie, il y a trop longtemps que j'y pense...

Et elle, d'une voix si naturelle que c'en était hallucinant :

— Pourquoi avez-vous fermé la porte?

Qu'est-ce qu'il pouvait faire d'autre que rire, que se rapprocher encore, qu'entourer les deux épaules de son bras?

— Tu as remarqué ça?

Il s'était fait des idées. C'était beaucoup plus facile qu'il ne croyait! Au fond, elle était déjà résignée et peut-être n'était-ce pas la première fois que ça lui arrivait?

Il n'aimait pas se montrer naïf. Il murmura :

— Ça te fait peur?

— Quoi?

— Tu ne comprends pas, non?

Alors, elle eut un drôle de geste. Elle montra le lit défait, où il y avait encore du linge d'Odile roulé en boule. Elle prononça :

— C'est de ça, que vous parlez?

Puis, doucement, elle se dégagea. Il ne savait pas ce qu'elle allait faire. Il s'attendait à tout, sauf à la voir se diriger précisément vers le lit, s'asseoir au bord et prononcer :

— Voilà!...

Voilà quoi? Elle acceptait? Elle était contente? Elle se résignait? Voilà quoi? Se moquait-elle de lui ou le méprisait-elle?

— Vous êtes le plus fort, n'est-ce pas? ajouta-t-elle avec un sourire. Et je suppose que vous avez pris toutes vos précautions...

— Écoute, Marie...

— Non!

— Quoi, non?

— Je n'écoute pas... Je n'ai besoin de rien savoir... Faites ce que vous voulez, puisque je ne peux pas vous en empêcher, mais ne me donnez pas d'explications...

Elle ne pleura pas. Ce ne fut même pas une grimace. Ce fut si ténu qu'il ne fut pas sûr de ses sens. Un rien! Un gonflement imperceptible de la lèvre inférieure, puis un mouvement de la tête, qu'elle tourna vers le mur de telle sorte que, pour la première fois, il remarqua qu'elle avait le cou long, très blanc, marqué d'une veine bleue.

— Écoutez, Marie...

Il venait de dire *écoutez*! Il ne savait plus où il en était. Il était furieux contre lui. Alors, pour en finir avec une situation trop pénible, il fonça, c'est-à-dire qu'il marcha vers elle, s'assit, lui aussi, sur le lit, l'attrapa n'importe comment, la serra contre

140

lui. Elle ne résista pas. Sa joue était froide. Il l'embrassait au hasard, sur les petits cheveux des tempes, sur la joue, sur la nuque. Il disait à tout hasard :

— Tu ne comprends donc pas que je n'en peux plus, que je t'aime, que je...

Mais elle ne bougeait pas! Elle ne vivait pas! Elle ne se raidissait pas! C'était quelque chose d'inouï, d'insupportable! Il crut que cela changerait peut-être quand il lui prendrait la bouche, mais elle détourna un peu la tête comme si sa bouche l'eût dégoûtée.

— Marie, il faut que...

Que quoi? Et, par-dessus le marché, il gardait son sang-froid, voyait la fenêtre avec du soleil derrière le miroir de l'armoire à glace où tout à l'heure se reflétait le dos de Marie; il entendait le bruit qu'Émile faisait en bas en rangeant les tables.

Plusieurs fois, il fut tenté d'agir brutalement, pour en finir, quitte à s'en repentir après. Est-ce que cela ne valait pas mieux que rien?

Sa main se posa sur le genou de Marie, qui portait des bas noirs, toucha la peau, un peu plus haut. Puis, au même moment, il vit le visage se tourner vers lui et y lut une résignation triste, peut-être la désillusion, ou un commencement de répugnance?

Non! même pas.

Elle dit un mot, un seul.

— Alors?

C'était tout! Il comprenait néanmoins :

« Alors, c'est à ça que vous en arrivez?... C'est tout ce que vous aviez sur le cœur?... C'est pour cela que vous avez tant couru, que vous êtes venu chaque jour, comme un fou, à Port-en-Bessin, puis que vous n'avez plus osé venir, puis enfin, que vous avez fait téléphoner par ma sœur?... Pour ça? »

Elle ne rabattait pas sa robe. Elle ne s'en donnait pas la peine! Qu'est-ce que cela pouvait faire qu'il vît un petit morceau de sa cuisse?

Les bras de Chatelard lui tombèrent le long du corps. Il ne pouvait plus. Il était comme paralysé. Sa gorge se serrait. Il ne voulait pas pleurer. C'eût été trop bête, trop humiliant!

Cela ne pouvait pas durer. Ils étaient là, assis au bord du lit, l'un à côté de l'autre, sans se regarder. Ce fut la Marie, la première, qui poussa un soupir. Puis, avec une certaine timidité, elle se tourna à nouveau vers Chatelard et elle dit de sa voix neutre qui, ce jour-là, lui faisait un si curieux effet :

— C'est fin!...

Il se leva d'une détente. Il gueula :

— C'est idiot, oui!...

Et il marcha à grands pas vers la porte. Le plus idiot, encore, c'est qu'il ne retrouvait pas la clef, qu'il fouillait fébrilement ses poches et qu'en fin de compte la clef tomba de son mouchoir.

— Idiot!... Idiot!... Parfaitement idiot!... répétait-il sans savoir ce qu'il disait, mais avec une terrible conviction.

Il ouvrait la porte. Il ne voulait pas se retourner. Il ne l'aurait fait pour rien au monde.

Il attrapait le petit escalier brun et vert. Il montait les marches quatre à quatre, en répétant :

— ... idiot...

Et, comme cela arrive aux enfants, il prononçait déjà les mots qu'il allait dire :

— Occupe-toi de ta sœur... Va! Occupe-toi de la Marie...

Il atteignait le dernier étage, suivait un corridor, poussait une porte.

Et alors, c'était plus bête que tout, que ce qui s'était passé en bas, que ce qui se

passerait jamais dans sa vie. Bête et sau-
grenu!

Odile et Marcel...

Ils étaient là dans une pose tellement
ridicule qu'il fallait rire, qu'il n'y avait que
cela à faire, d'un rire gênant qui faisait mal.

N'importe qui se serait tu. Odile pas!
Odile éprouvait le besoin de parler, empê-
trée dans les draps, dans la chemise de
Marcel, dans son embarras comique. Et elle
disait :

— Je vais t'expliquer...

Est-ce que l'*autre*, en bas, était toujours
assise au bord du lit? Il riait! Cela lui faisait
mal à la gorge! Il avait soif! Et il avait en
même temps une irrésistible envie de s'asseoir, car ses genoux tremblaient.

— Ta sœur... commença-t-il en montrant
la porte.

Il ne pouvait pas faire de longues
phrases. Elle n'avait qu'à comprendre! Elle
n'avait qu'à aller retrouver la Marie!

Mais non! Elle s'écriait :

— Quoi?... Qu'est-il arrivé?...

Il n'était rien arrivé, parbleu, puisque, lui
et Marie, ça avait raté! C'est ce qu'il
essayait de lui faire comprendre. Il répétait :

144

— ... raté...

Il riait sans rire. C'était nerveux. Elle n'avait qu'à descendre. Il lui faisait signe. Il finit par crier :

— Mais va donc!

Parce qu'ils ne pouvaient pas rester tous les trois comme ça!

— Va!...

Elle s'arrêta en chemin, ouvrit la bouche. Mais quand même elle ne dit pas, comme elle en avait envie :

— Promets-moi au moins que tu ne lui feras rien...

Faire quelque chose à Marcel!

C'était bien la peine de s'être levé pour la première fois depuis des semaines avec du soleil! Et d'avoir changé de linge comme un collégien...

VI

La porte restée ouverte laissait voir le lit
défait et la glace rectangulaire de l'armoire.
La Marie, en tailleur noir, le chapeau sur la
tête, son petit sac à la main, était debout
sur le seuil et se tamponnait le nez de son
mouchoir, non pas comme quelqu'un qui
pleure ou qui a pleuré, mais comme une
personne enrhumée. Elle s'était effectivement enrhumée le matin dans le train non
chauffé — du moins les wagons de troisième.

Odile descendait, elle, avec son visage de
catastrophe et sa tenue débraillée. Elle
passait, haletante, devant sa sœur, et
gémissait en plongeant vers l'armoire :

— Mon Dieu !... Mon Dieu !...

Puis elle arrachait sa chemise de nuit
qu'elle avait gardée. Elle était toute nue,

livide et rousse dans la grisaille. C'était inattendu. La Marie remarquait sans le vouloir que sa sœur avait engraissé et que sa poitrine, qu'elle lui avait toujours enviée, était encore plus forte qu'avant, avec des tétons minuscules, d'un rose fondant.

Odile s'habillait dans un désordre haletant. Elle disait, sans réfléchir :

— Qu'est-ce qu'il t'a fait, à toi?

Puis, sans attendre de réponse :

— Écoute dans le corridor... Préviens-moi s'il descend...

Et, malgré sa hâte, elle mettait une ceinture, des bas, un soutien-gorge. La Marie allait et venait dans le corridor, s'arrêtant parfois dans l'encadrement de la porte.

— Tu n'entends rien?

— Non...

Odile, enfin prête, cherchait encore quelque chose, sans savoir quoi, puis se décidait à partir.

— Viens... Je te raconterai dehors... J'ai trop peur...

Un regard vers là-haut et elles descendaient toutes les deux l'escalier, surgissaient dans la salle de café où on les regardait passer.

On aurait dit qu'il allait pleuvoir. Le ciel se couvrait. Des risées froides passaient sur le quai. Odile, qui se retournait de temps en temps, longeait les trottoirs, entraînant sa sœur.

— Tu ne peux pas te figurer... Il nous a surpris, Marcel et moi...

La Marie avait plutôt envie de rire mais parvenait à prononcer sérieusement :

— Qu'est-ce qui t'a pris?

— Je ne sais pas... Je me demande comment c'est arrivé...

Des passants les bousculaient, car elles suivaient une rue animée, aux trottoirs étroits. Odile s'agitait beaucoup pour, en fin de compte, arriver au même résultat que sa sœur qui marchait sans se presser. La Marie disait avec conviction :

— T'as toujours été bête, ma fille!

— Est-ce que c'est ma faute, à moi, si je peux pas refuser?...

— C'est que t'attends même pas qu'on te demande!...

Elles passaient devant des magasins, des boutiques. Elles étaient dans une grande ville. Des tramways les frôlaient.

— Et toi? demandait soudain Odile.

— Quoi, moi?

— Ça ne t'a pas encore pris? Chatelard n'a pas essayé?

— Pourquoi? Il était décidé qu'il essayerait?

— Je ne veux pas dire ça. Tu ne comprends pas...

Mais si! Mais si! La Marie avait compris qu'on lui avait tendu un piège et que sa sœur n'était peut-être pas tout à fait aussi innocente qu'elle voulait le paraître.

Elles atteignaient la gare. Elles s'arrêtaient. Marie demandait à brûle-pourpoint :

— T'as de l'argent?

Et l'autre fouillait son sac, ne trouvait qu'un billet de cent francs chiffonné et de la monnaie.

— C'est tout?... T'as pas d'économies à la Caisse d'épargne?

— Non...

— Il ne te payait pas, Chatelard?

— Pas depuis que nous sommes ensemble...

La Marie haussa les épaules et alla au guichet prendre deux billets pour Bayeux. Elles avaient trois quarts d'heure à rester sur la banquette moite de la salle d'attente, où la Marie se mit à se moucher de plus en

149

plus souvent, tandis que son nez rougissait. Il y avait du monde autour d'elles, si bien qu'elles ne pouvaient pas dire ce qu'elles auraient voulu. Elles s'arrangeaient pour ne prononcer que des phrases assez vagues qu'une grosse femme à moustaches écoutait sévèrement, le front plissé par son effort pour comprendre.

— Tu crois pas qu'il va venir, toi?

Non! La Marie ne le croyait pas. Et elle ne manifestait aucun émoi de l'accident arrivé à sa sœur.

— Je me demande ce qu'il aura fait à Marcel...

— Pourquoi voudrais-tu qu'il lui fasse quelque chose?

On voyait un train qui était depuis une demi-heure à la même place, de l'autre côté de la porte vitrée.

— T'auras qu'à rester à Port quelques jours, le temps de mettre une annonce...

— Une annonce pour quoi?

— Pour une place...

La Marie était toujours insensible, nez à part. Elle n'aimait pas l'avoir rouge et elle le poudrait chaque fois qu'elle s'était mouchée.

— Je pourrai coucher avec toi?

— Je ne sais pas encore...

Elle lui donna deux ou trois coups de pied pour attirer son attention sur la femme à moustaches, mais ce fut la dernière chose qu'Odile eut l'idée de regarder.

— Qu'est-ce qu'il y a?

— Rien... Ne t'en fais pas, ma fille...

Et la Marie disait « ma fille » avec un ton vraiment protecteur.

*

A Bayeux, elles ratèrent l'autobus et durent attendre celui du soir, à ne savoir où aller, car il n'y avait pas cinéma l'après-midi. Du moins purent-elles manger des gâteaux. Elles les mangeaient en longeant les vitrines, quand la Marie s'arrêta, frappée d'une idée, devant un magasin.

— Tu sais encore à peu près coudre? demanda-t-elle à sa sœur. Parce qu'alors, comme tu n'auras rien à faire pendant quelque temps, j'achèterais tout ce qu'il faut pour me faire du linge...

L'instant d'après, dans le magasin, elle soufflait :

— Prête-moi tes cent francs... Je n'ai pas assez sur moi...

Il pleuvait à nouveau. La boutique sentait la toile et le coton. La Marie chipota une heure durant avant de se décider et sortit avec un paquet rose et mou.

— T'auras qu'à rester à la maison... Comme ça, on ne pourra rien te dire...

Car la maison, dans la ruelle de la falaise, était encore à eux. C'était l'oncle Pincemin qui devait s'en occuper, ainsi que de la chaloupe du père qui restait amarrée dans le bassin avec tous ses engins à bord, comme pour une sortie.

— Rentre toujours... Moi, il faut que je passe au café... Je viendrai te retrouver pour dormir avec toi...

— T'es sûre?

Elles se séparèrent sur le quai où il bruinait. Les becs de gaz étaient allumés et la marée presque haute. La Marie entra au *Café de la Marine* en retirant son chapeau et elle n'eut besoin que d'un coup d'œil circulaire pour voir que chacun était à sa place.

— Bonjour!...

— Va vite te déshabiller, toi, que la patronne t'arrange...

— Pourquoi?

— C'est comme ça que tu devais rentrer à quatre heures?

— C'est la faute à l'autobus...

— Va vite!...

Pas vite du tout, au contraire! Elle n'avait jamais mis autant de temps à se changer et elle resta un bon moment assise au bord du lit sans rien faire, un bas dans la main, un pied nu en suspens au-dessus du plancher.

Il n'était pas possible d'exprimer ce qu'elle pensait. D'ailleurs, ce n'étaient pas des pensées. Il y avait d'abord comme une chaleur agréable dans la poitrine et la sensation qu'un espoir se précisait; puis la mélancolie, en regardant la mansarde autour d'elle, de se dire que ce n'était plus pour longtemps...

— Alors, Marie?

— Je descends...

Elle fut gaie et elle les servit avec plaisir, tous ceux qu'elle connaissait, les vieux surtout, qui venaient déjà chez son père quand elle était petite. Ensuite elle mangea dans la cuisine, sur un coin de table, en mettant beaucoup de crème dans sa soupe pendant que la patronne regardait ailleurs.

— Qu'es-tu allée faire à Cherbourg? demandait la femme en s'occupant de ses casseroles. T'as pas vu ta sœur?

— Oui...

— Ce n'est pas elle qui est avec ce Chatelard? Il ne se décidera pas à armer son bateau, celui-là?... Le capitaine est fourré au café toute la journée...

Il faisait chaud. On pouvait causer, ainsi, en mangeant, et en même temps penser à autre chose, vaguement, puis encore à d'autres choses assez amusantes.

— Dites, madame Léon...

— Quoi?

— Je voudrais bien, pendant quelques jours, coucher chez moi...

— Qu'est-ce que tu dis?

— Ma sœur est à Port...

— Celle de Chatelard?

— Ils ne sont plus ensemble... Peut-être bien qu'elle va partir pour Paris... En attendant...

Et ce soir-là, à dix heures, la porte du café s'ouvrit, Marie resta un moment sur le seuil, son manteau sur la tête, puis s'élança, traversa le quai en courant, franchit le pont, grimpa la pente et arriva chez elle essoufflée comme quand elle était petite.

Il y avait de la lumière. Odile n'était pas couchée. Une bûche achevait de brûler dans l'âtre, car il n'y avait jamais eu de poêle. Le grand lit des parents était dans le coin opposé à l'armoire. Sur la table, une lampe à pétrole éclairait des bouts de toile blanche.

— Qu'est-ce que tu fais? s'inquiéta la Marie en se débarrassant de son manteau et de ses sabots.

— Tes culottes...

— Et mes mesures, idiote?

— J'ai calculé un peu plus petit que comme pour moi...

Ce fut une étrange soirée, qui ne ressemblait à aucune autre. Odile prit les mesures. La Marie parlait, des épingles entre les lèvres. Elles faillirent se disputer pour une question d'ourlet.

— Qu'est-ce que t'as mangé?

— Rien... Il n'y a rien dans la maison...

— Tu ne pouvais pas aller chez le charcutier, dinde?

On aurait dit que la Marie venait de s'annexer sa sœur aînée.

— Tu dormiras du côté du mur... T'as toujours aussi froid aux pieds?... Bonsoir!...

— C'est bête... soupira l'autre.

— Qu'est-ce qui est bête?

— Qu'il soit justement monté...

Elles parlèrent encore un peu, par petites phrases, à mesure que ça leur venait à l'esprit, dans l'obscurité, tout en imprégnant peu à peu le lit de la chaleur de leurs deux corps.

A six heures, la Marie sortit sans bruit, pour aller à son travail, et elle laissa de l'argent en évidence sur le coin de la table, afin qu'Odile s'achetât de quoi manger.

*

Après deux jours, Odile était déjà installée comme pour l'éternité, entourée de son désordre et de ses petites habitudes, de restes de repas qui traînaient toujours sur un coin de table et de tasses de café à moitié vides, car le café était sa passion.

Quand la Marie rentrait, à dix heures du soir, et refermait la porte, il n'y avait plus qu'elles deux au monde. L'air sentait le bois brûlé et le poisson grillé, comme dans le temps. On avait même remonté la pendule qu'un ami de leur père avait gagnée à un concours de billard et qu'il avait échangée contre des casiers à homards.

— T'as toujours pas de lettres?

Elles avaient envoyé une annonce à un journal de Caen, après une longue discussion. Odile voulait mettre « femme de chambre » et sa sœur répliquait qu'elle n'était pas plus femme de chambre que général, qu'elle ne savait même pas arrêter proprement son fil!

Enfin!... On avait écrit femme de chambre!... On attendait sans attendre, vu que ça n'avait pas d'importance, et on continuait à coudre pour la Marie, qui surveillait âprement l'ouvrage.

— Si on avait eu une machine... soupirait Odile.

Une machine pour coudre six chemises et six pantalons!

— On n'a toujours pas de nouvelles de lui...

— Non... Son capitaine lui a téléphoné...

— Alors?

— Alors, rien...

— Et Marcel?

— Marcel non plus...

Dans le temps, l'une après l'autre, à mesure qu'elles en avaient l'âge, elles avaient fait la cuisine du ménage, accroupies devant l'âtre, en sabots, en tablier noir, tout en surveillant la Limace.

— Dis donc, Marie...

— Quoi?

— Je pensais, tout à l'heure... Pourquoi n'irions-nous pas à Paris toutes les deux?...

— Parce que je ne veux pas aller à Paris, ma vieille!

— Pourquoi?

— Parce que je suis bien à Port...

Odile, qui n'avait pas besoin de se lever de bonne heure, n'avait pas sommeil. Elle restait longtemps à s'agiter dans le lit et ne pouvait s'empêcher de parler.

— Tu dors?

— Oui...

— Qu'est-ce que tu trouves d'agréable à Port, toi?

— Je trouve qu'on est bien...

— Au *Café de la Marine*? A servir à boire à tous ces pêcheurs?

— Non...

— Alors?

— Laisse-moi dormir...

Un silence. Des respirations inégales.

— Tu dors?

— Oui, que je te dis!...

— Avoue-moi la vérité... T'as un amoureux?

— Peut-être bien que oui...

— Qu'est-ce qu'il fait?

— Laisse-moi tranquille.

— Je le connais?

Alors, pieds nus, la Marie se relevait, allumait la lampe, se campait en face de sa sœur que la lumière faisait cligner des yeux.

— Tu ne veux pas me laisser tranquille, non? Il faut que je retourne dormir dans ma chambre?

— Tu es méchante... J'ai bien le droit de savoir...

— Eh bien! sache que je ne quitterai jamais Port!... Et que je me marierai... Et que j'habiterai de l'autre côté du bassin, une maison comme les deux rouges...

C'étaient deux maisons fameuses, les seules de leur espèce. L'une appartenait à un armateur, qui avait trois bateaux et qui en commandait un lui-même; l'autre maison était celle du nouveau docteur; un grand avec une barbe, père de sept ou huit enfants.

On aurait pu croire qu'ils les avaient tous les deux achetées sur catalogues, comme des jouets, tant elles étaient jolies et gaies, juste comme, enfant, on s'imagine la maison idéale, avec un toit très haut, rouge vif, un garage à gauche, une terrasse et des balcons, des fenêtres plus larges que hautes, à la manière des cottages anglais.

A quatorze ans, Marie voulait être bonne d'enfant chez l'armateur, tant lui plaisait la cuisine à petits carreaux de céramique blanche où il y avait le gaz et un crochet nickelé pour chaque casserole.

— T'es contente, maintenant? lançait-elle à sa sœur, tout en croquant une pomme verte.

— Qu'est-ce que tu as manigancé?

— Je n'ai rien manigancé du tout. Je veux une maison comme celles-là... Il y en aura trois au lieu de deux, voilà tout... J'aurai des enfants et une boniche pour s'en occuper...

— Couche-toi! Du froid entre dans le lit...

— Qui est-ce qui l'a voulu? Mon mari aura une petite auto et, le jour qu'il reviendra de la mer, nous irons au cinéma, à Bayeux.

— Qui est-ce?

— Quoi?

— Le mari...

— On verra ça plus tard, ma fille!...
Recule... Tu prends toute la place avec ton
gros derrière... Bonsoir...

— Tu ne veux pas me dire qui? insistait
encore Odile dans son demi-sommeil.

Et la Marie continuait, en s'endormant, à
sucer un morceau de pomme.

*

On n'ignorait pas qu'il y avait des formalités à faire, mais on avait toujours pensé
que c'était pour plus tard et la Marie fut
étonnée, ce matin-là, de voir la carriole de
l'oncle Pincemin s'arrêter devant le café.

— Habille-toi vite, que nous allions à
Bayeux, lui dit-il, après avoir salué le
patron et déposé son fouet sur une table.
On passe au juge de paix. J'ai écrit à Odile
d'être là.

— Odile n'a pas reçu la lettre.

— Pourquoi?

— Parce qu'elle n'est plus à Cherbourg...
Elle est ici...

Il y avait des jours où la Marie avait
envie de se moquer des gens et elle aimait
en particulier se moquer de l'oncle Pince-

min, qui avait de ridicules moustaches
rousses, toujours humides, comme celles de
certains chiens barbets.

— Faut que tu lui dises de s'apprêter...
Boussus sera là à une heure...

Le vent soufflait si fort que Pincemin
tremblait pour la capote de sa voiture.
Marie et sa sœur s'étaient blotties derrière,
dans une couverture de cheval qui sentait
bon et où elles retrouvaient des brins de
paille qui les piquaient. Marie voyait Pincemin de profil. De temps en temps, elle
donnait un coup de coude à sa sœur, parce
que l'oncle avait une goutte qui se formait à
la pointe du nez, tremblait un moment,
allait enfin rejoindre l'humidité ambiante
des moustaches.

— Votre tante nous attend aussi... leur
dit-il comme il leur eût promis du chocolat.

— Elle va bien?

— A part ses varices... Mais il doit venir
un spécialiste à Bayeux, la semaine pro-
chaine, et peut-être qu'il pourra faire
quelque chose?...

On se trouva tous réunis, en effet, sous le
porche de la Justice de Paix; il y passait un
courant d'air terrible et là Marie sentit son
nez picoter à nouveau. Pour la circonstance,

on s'était remis en grand deuil, sauf Odile, qui avait laissé son voile à Cherbourg. Comme le ciel était livide et que des feuilles mortes tournoyaient sur la place, on se serait cru à la Toussaint.

— Naturellement, Odile est majeure, annonça Pincemin après un coup d'œil à sa femme. Moi, je serai tuteur des quatre autres et Boussus subrogé tuteur...

Il disait cela comme, quand on va en visite, on recommande au moment de sonner : « Surtout, ne mets pas tes doigts dans ton nez... »

Tout était arrangé! Il n'avait qu'à signer! Déjà Pincemin poussait la porte quand la Marie prononça :

— Je n'ai pas besoin de tuteur...

— Mais si! Mais si! Tu as dix-sept ans et...

— Non, mon oncle. J'ai dix-huit ans depuis trois jours... Je veux être émancipée, comme la Berthe...

— Qui est-ce, la Berthe?

— Une fille de Port... Elle m'a expliqué...

On put croire que cela allait tourner à la bagarre. Pincemin était rouge de colère. Sa femme tremblait d'indignation.

— Une fille honnête n'a pas besoin d'être émancipée...

— Et moi je n'ai pas besoin d'être une fille honnête... Tu viens, Odile?

Elle l'entraînait à l'intérieur, où il y avait des bancs déserts, comme à l'église, des murs nus, verdâtres, une sorte de comptoir surélevé et un homme qui classait des papiers.

Boussus et les Pincemin entraient à leur tour, couraient après les deux sœurs.

— Écoute, Marie... Odile! Toi qui es plus intelligente qu'elle.

L'endroit n'était pas solennel, ni impressionnant.

— Pardon, monsieur, disait Marie à l'homme aux papiers. Vous ne pourriez pas me dire où je trouverai un avocat pas trop cher?

Heureusement qu'ils étaient en avance! Ils pouvaient discuter de leurs affaires sans déranger personne. Marie faillit recevoir une gifle de Pincemin, que sa femme retint à temps.

Des gens entrèrent, d'abord un homme chauve qui s'assit dans un coin en attendant son tour, puis deux femmes des Halles qui restèrent debout dans le fond.

Marie, dans un couloir encore plus sale et plus froid que le tribunal, avait trouvé un avocat en robe noire, un avocat tout jeune, aux petites moustaches à la Charlot.

— Voilà... Je voudrais que vous veniez avec moi et que vous me fassiez émanciper... Combien que vous me prenez?

Et maintenant l'avocat aux larges manches discutait avec Pincemin et Boussus, s'efforçait de les calmer. Il avait promis à Marie de ne lui compter que cinquante francs.

On entendait les bruits de la rue, mais on était très loin; on avait tantôt froid et tantôt trop chaud; on ne savait où se mettre. Les bancs étaient trop petits pour la tante Pincemin. Boussus, qui avait mangé des escargots, avait soif et aurait bien voulu sortir un moment pour boire un verre.

Enfin il vint un monsieur aux dents jaunes, à l'air poli, qui s'assit au comptoir et l'avocat alla lui parler tout en désignant la Marie du regard.

Les autres enfants, Joseph, Hubert et la Limace, n'étaient pas là, mais c'était d'eux qu'on discutait. On appelait Pincemin, puis Boussus. On parlait bas. De nouveaux clients prenaient place sur les bancs et essayaient de comprendre ce qui se passait.

— Mademoiselle Le Flem...

Odile s'avança.

— Vous vous appelez Marie Le Flem?

— Non, moi, c'est Odile...

Marie y alla.

— Vous désirez être émancipée?... Vous avez dix-huit ans, comme votre extrait d'état civil en fait foi...

— Et je voudrais être tutrice de la Limace... déclara-t-elle en défiant ses deux oncles et sa tante. Ma sœur pourrait être, elle, tutrice des garçons...

Il n'avait jamais été question de tout cela. Le greffier s'y perdait. On relisait des papiers. On en cherchait d'autres. Pincemin, devant le juge, avait perdu ses moyens et il poussait sa femme à parler.

La Marie suivait son avocat des yeux comme quelqu'un qui a parié aux courses suit des yeux son cheval qui se dirige vers la piste. Elle alla même lui souffler :

— Surtout, ne vous laissez pas faire par ma tante... Je vous donnerai vingt-cinq francs de plus...

Une demi-heure plus tard, c'était fini. C'est-à-dire qu'il faudrait encore accomplir des tas de formalités, mais que la Marie était en quelque sorte émancipée.

— Viens!... dit-elle à sa sœur en lui prenant le bras.

Et elle sortit, très digne, sans saluer la famille. Une fois dehors, elle regarda l'heure à l'église et déclara :

— On a le temps d'aller manger des gâteaux avant l'autobus...

Elles en mangèrent, prirent l'autobus mal éclairé où elles s'assirent au fond. Odile demanda :

— Pourquoi as-tu fait ça?

— Parce que!

— T'as entendu ce qu'ils ont dit? On ne peut rien vendre, rien enlever de la maison ou du bateau avant que...

— Va toujours!

Comme on passait devant l'église de Port-en-Bessin, la Marie se signa en se tournant furtivement vers le cimetière. A ce moment, on recevait par derrière la lumière des phares d'une auto, mais celle-ci ne put doubler avant le quai et la Marie ne se retourna pas.

— On va aller à la maison, décida-t-elle.

Elles franchirent le pont tournant, pénétrèrent chez elles, où il faisait froid et où

Odile, avant de se déshabiller, chercha un vieux journal pour allumer le feu.

— T'as quelque chose à manger?

— J'ai des harengs...

— Bon appétit... Moi, faut que j'aille au café... Le patron prétend que je suis toujours à me balader... Comme si!...

*

Si l'auto n'avait pas dépassé l'autobus, c'est qu'elle s'était arrêtée près des premières maisons de la ville.

— A quelle heure qu'il rentre, ton père? avait demandé Chatelard.

Et Marcel, le bras en écharpe, avait regardé l'eau du bassin.

— Avec la marée... Pas avant neuf ou dix heures...

— Alors, va chez toi et ne dis rien... Tu comprends?... S'il n'est pas rentré à dix heures, tu te couches comme si rien n'était...

Chatelard regarda descendre le gamin gêné et maladroit, ne sachant que dire, ni comment remercier.

— Va, que les gens ne te rencontrent pas...

— Je vous...

— Oui, une autre fois... Bonne nuit!...

Il appuya sur l'accélérateur. Son idée était de faire demi-tour. Il alla néanmoins jusqu'au bout du quai, dépassant le *Café de la Marine* aux rideaux crémeux. Il effectua une marche arrière, tourna son auto. Au lieu de repartir tout de suite, il descendit et fit quelques pas sur le trottoir.

Il y avait toujours, à la seconde fenêtre, un coin de rideau qui ne tombait pas d'aplomb et, par l'ouverture, on pouvait voir à l'intérieur.

Chatelard passa, repassa, ne distingua que des silhouettes bleuâtres dans une atmosphère de fumée. Il finit par s'approcher. Et, comme il n'apercevait pas le tablier blanc de la Marie, il se pencha, colla le front à la vitre, après s'être assuré qu'il ne venait personne.

Il avait regardé à gauche et à droite, où le trottoir était désert. Il avait omis de regarder derrière lui et la Marie, qui venait de franchir le pont tournant, s'arrêtait net en le voyant.

Et cependant, elle n'était pas étonnée.

Non! C'était comme une joie promise, qui lui était donnée seulement un peu plus tôt qu'elle ne pensait. Elle souriait, d'un sourire sans ironie, qui n'exprimait pas davantage le triomphe. Au contraire, il y avait soudain en elle une certaine gravité, peut-être de la mélancolie.

Il regardait toujours, lui! Il ne la voyait pas! Mais, comme une partie de la salle échappait à son regard, il attendait, supposant que la Marie allait surgir de ce coin-là. Il apercevait les vieux attablés, le patron qui tournait le bouton de la T.S.F., car c'était l'heure des nouvelles.

La Marie n'avait rien prévu. La preuve, c'est qu'elle se demanda si elle n'allait pas courir chez elle pour crier à sa sœur :

— Il est là!...

Puis elle prit une décision brusque. Serrant davantage son manteau contre elle, adoptant la démarche d'une personne pressée, elle traversa la rue, comme si elle n'avait vu ni Chatelard, ni l'auto. Elle ouvrit la porte du café. Elle appela :

— Désiré!... Désiré!...

C'était un gamin, le fils d'une femme de ménage, qu'on envoyait toujours faire les courses.

— Désiré n'est pas là?...

Elle restait sur le seuil, tournant le dos à Chatelard, parlant vers l'intérieur, mais uniquement pour lui.

— Cours vite chez moi, petit... Tu trouveras ma sœur Odile... Tu lui diras que je ne rentrerai qu'à dix heures...

Elle referma la porte, leur sourit à tous, annonça gaiement :

— A présent, me voilà majeure, émancipée, comme ils disent!...

Elle aurait bien voulu se retourner, mais elle n'osait pas. En tout cas, Chatelard savait maintenant qu'Odile était dans leur maison de la falaise et que la Marie la rejoindrait à dix heures.

Elle alla ouvrir le placard du fond, retira son manteau, noua son tablier.

— Qu'est-ce que je vous sers, Grand-Père?

— J'ai déjà bu...

— Ce n'est rien... C'est moi qui paie...

C'était le meilleur vieux de la terre, avec des yeux bleus d'enfant. Marie était allée à l'école avec sa dernière fille, car il avait eu treize enfants.

Il ne fallait surtout pas se tourner vers la

171

fenêtre. Il ne fallait faire semblant de rien. Enfin la porte s'ouvrit. Le gamin rentra.

— Qu'est-ce qu'elle a dit? lui demanda la Marie avec un sourire léger.

— Elle n'a rien dit...

Parbleu! Odile avait dû se demander pourquoi on lui faisait cette commission! Pourvu que, maintenant, elle n'ait pas l'idée de venir demander des explications à la Marie!

— A votre santé, Grand-Père!...

Et lui de grommeler :

— Ça te fait un ben drôle d'effet d'être émancipée, ma fille...

Elle rit. Il rit. Pour rien. Parce qu'ils étaient contents tous les deux, sans raison! La Marie ramassait les verres sales, essuyait les tables d'un coup de torchon, enjambait les bottes des clients qui avaient la manie de barrer le passage en prenant leurs aises.

— J'ai encore oublié vos gâteaux! dit-elle gaiement en entrant à la cuisine, car elle avait promis à la patronne de lui apporter des gâteaux de Bayeux. Chic! Il y a de la morue...

On ne l'avait jamais tant entendue parler en un seul jour. On la regardait. Mais on n'essayait pas de comprendre.

Longtemps après seulement, sous pré-
texte de vider un cendrier dans la rue, la
Marie ouvrit la porte, vit que l'auto était
toujours à sa place; mais Chatelard avait
disparu.

VII

Il ne s'était jamais avisé d'une ressemblance quelconque entre les deux sœurs et voilà que c'était la voix de Marie qui lui criait :

— Entrez!

Ce n'était pourtant pas la Marie, mais Odile, qui croyait à la visite d'une voisine et qui continuait à tourner le dos à la porte, accroupie qu'elle était devant le feu, tenant à la main le gril sur lequel grésillait un hareng. Elle portait un tablier noir trouvé dans un placard, des chaussons rouges sur des bas de laine noire. Les flammes mettaient dans ses cheveux des reflets plus fauves. Et Chatelard restait là, près de la porte, ému comme s'il eût surpris un peu de la vie intime de Marie.

Ce n'était pas elle, certes. Mais c'était sa

sœur! Et, vues de dos, elles pouvaient presque passer l'une pour l'autre! N'était-ce pas aussi une pose familière à la Marie, un tablier, des bas, des chaussons à elle?

— Qu'est-ce que c'est? murmura Odile.

Alors seulement, elle bougea, tourna la tête, se dressa enfin, effrayée, le gril toujours à la main.

— Henri!...

C'était son prénom, mais on ne l'employait jamais, si bien que ces deux syllabes donnaient à la scène une certaine solennité.

— Ne me tue pas, dis!... Henri!... Je vais t'expliquer...

Il rit, d'un petit rire qui n'était pas très gai, s'approcha d'elle, lui tapota l'épaule.

— T'es bête!... constata-t-il.

Elle comprit qu'il n'était pas en colère et elle se demanda pourquoi il était là.

— Tu es venu m'apporter mes affaires?

— J'avoue que je n'y ai pas pensé...

Et, désignant le tablier de satinette :

— C'est à ta sœur?

— Oui...

Elle ne savait que faire. Comme elle le voyait qui regardait autour de lui avec l'air de chercher, elle risqua :

— Tu veux t'asseoir?

175

Elle poussa vers lui une chaise à fond de grosse paille. Puis, s'avisant qu'elle avait toujours le gril à la main :

— Tu as dîné?

— Non...

— Ça te ferait plaisir de manger un hareng avec moi?

C'était tout à fait improvisé. De la couture encombrait la moitié de la table. Odile posa des assiettes et des couverts sur l'autre moitié, ouvrit la porte de la cour.

— Où vas-tu?

— Tirer du cidre au tonneau.

Elle en remplit un broc de grès, comme on le faisait jadis chaque jour, à chaque repas, dans la maison. Il restait des harengs dans l'armoire. Elle ajouta du petit bois sur le feu pour obtenir une flamme plus vive.

— T'aimes avec de l'échalote?

Ce fut lui qui, machinalement, régla la mèche de la lampe. Il était bien, avec toujours une pointe d'émotion, un plaisir subtil et tiède. Son regard accrochait tous les objets, y compris une chemise de nuit posée sur l'édredon rouge.

— C'est ici que tu couches avec ta sœur?

— En attendant que je parte pour Paris... Je vais avoir une place de femme de chambre... Bien cuits?... Je suppose que tu en mangeras deux?...

Elle ne savait toujours pas pourquoi il était venu et cela l'intriguait. Elle n'était pas loin de penser, tant il se montrait gentil, qu'il ne pouvait pas se passer d'elle et qu'il venait la reprendre. Elle connaissait un homme comme ça, un camarade de Chatelard, qui était dans les assurances. Il avait une maîtresse qui louchait et qui le trompait à chaque occasion. Il le savait, mais il était tellement habitué à elle qu'il ne pouvait plus s'en passer et qu'il se contentait de la battre de temps à autre.

— T'as laissé ta voiture de l'autre côté du pont?

Elle hésita un peu à s'asseoir, mais ils finirent par être attablés près de la lampe, avec des verres de cidre ambré devant eux.

— A quelle heure elle rentre, ta sœur?

— A dix heures... Pas toujours dix heures juste...

— Elle a un amoureux?

En disant cela, il avait eu un coup d'œil précis vers le lit et Odile se méprit.

— En tout cas, il ne vient pas ici! protesta-t-elle.

— Donc, elle en a un...

Elle avait enfin compris! Il était là pour la Marie! Quand il lui avait demandé de faire venir celle-ci à Cherbourg, elle avait deviné qu'il avait du goût pour elle, mais avait cru que c'était une envie comme il lui en prenait de temps en temps et qui ne durait pas.

Les coudes sur la table, la lèvre grasse, croisant ses doigts potelés sous son menton, elle disait en regardant la flamme jaune de la lampe :

— Elle doit en avoir un, sûrement... Sinon, elle ne m'aurait pas dit ce qu'elle m'a dit... Mais j'ai beau chercher, je ne vois pas qui ça peut être...

— Qu'est-ce qu'elle t'a dit?

Il allumait une cigarette et renversait sa chaise en arrière. Ils étaient restés deux ans ensemble et c'était sans doute la première fois qu'il régnait entre eux une réelle intimité. Il faisait chaud, de cette chaleur quasi palpable des feux de bûches. Il sentait bon le hareng grillé et le bois brûlé. Dehors, on n'entendait que le roulement monotone des vagues. Et Odile parlait, comme elle parlait au temps où elle vivait dans la maison, comme elle parlait avec sa sœur, libérant à mesure ce qui lui passait par la tête.

— Ce n'est pas qu'elle ait dit quelque chose de précis... On parlait de Paris, je crois... Je lui demandais pourquoi elle n'y viendrait pas avec moi...

Elle était plus blonde que Marie, à la fois plus formée et plus molle, plus indécise dans les traits et dans l'expression.

— Pourquoi me regardes-tu comme ça? protesta-t-elle avec d'autant plus de gêne qu'elle avait hésité sur le « tu », qu'elle avait failli dire « vous ».

— Continue...

— Tu ne veux pas me donner une cigarette?

Elle demandait ça comme une enfant, avec une convoitise si apparente qu'elle en était attendrissante.

— Tu disais que la Marie...

— Tu n'es pas amoureux, au moins? Parce que je crois qu'il n'y aurait rien à faire... Je connais ma sœur... Quand elle a une idée dans la tête... Nous, on l'appelait la Sournoise, parce qu'on ne savait jamais ce qu'elle pensait...

— Tu parlais de Paris avec elle...

— Oui, parce que, sans dire du mal des

cafés, une femme est toujours mieux dans une maison bourgeoise... La Marie m'a déclaré qu'elle n'irait jamais à Paris.

— Pourquoi?

— Justement!... Elle prétend qu'elle ne quittera pas Port-en-Bessin... C'est donc que quelque chose la retient ici... Je parierais qu'il est pêcheur... Mais je ne vois pas qui, parmi les jeunes, est déjà propriétaire de son bateau... à moins qu'il ne le soit pas encore et qu'il veuille l'acheter par le Crédit Maritime... Cela arrive...

— Elle a dit qu'il avait un bateau?

— Elle l'a dit sans le dire... Avec Marie, on ne sait jamais au juste... Puis on parlait de ça et d'autre chose... Elle veut une maison près du bassin, là, où il y en a deux neuves, exactement la même, avec un garage... Ça ne t'ennuie pas que je cause?

— Avec un garage... Après?

— Une auto, bien sûr! Pour aller au cinéma à Bayeux quand son mari reviendrait à terre... C'est peut-être bien le fils Bauché, après tout?... C'est le fils de l'épicière, mais ils ont des parts, dans des bateaux...

— T'as encore un peu de cidre?

180

Elle retourna en chercher dans la cour et annonça :

— Il recommence à pleuvoir... La marée doit être pleine...

Elle mouillait son fil pour l'enfiler, le tortillait dans ses doigts, tendait l'aiguille à la lumière de la lampe.

— A quoi penses-tu? demanda-t-elle en constatant que son compagnon était songeur. T'avais vraiment des vues sur ma sœur?

— Tu es sûre qu'elle ne rentrera pas avant dix heures?

— Jamais... Tu peux rester... Quelle heure est-il?

— Neuf heures et quelques minutes...

Elle ne l'avait pas encore vu aussi calme. D'habitude, il ne restait pas un quart d'heure assis sur la même chaise et il tripotait tout ce qui lui tombait sous la main. Ici, on aurait dit qu'il se sentait chez lui, qu'il se détendait, heureux et confiant, l'âme satisfaite.

— Vous avez toujours habité la même maison? demanda-t-il.

— Oui... Nous y sommes tous nés...

Sur ce grand lit à édredon rouge, ma foi!

Et il était probable que l'édredon n'avait pas changé non plus!

— A quoi penses-tu? Tu m'en veux toujours?

— De quoi?

— Tu le sais bien... Moi, je ne savais même pas qu'il...

— Non!

— Quoi?

— Parle pas de ça, je t'en prie... C'est trop bête, tu comprends?...

— C'est justement ce que je dis...

— Alors, il n'y a pas besoin de le dire... Je ne t'en veux pas... Je ne suis même pas fâché que ça soit arrivé...

— Pour être débarrassé de moi?

— Pour ça et pour d'autres raisons... N'essaie pas de comprendre... Maintenant, si tu veux me faire un plaisir, ne dis pas à ta sœur que je suis venu...

Elle regarda les assiettes sales, les couverts, soupira :

— Dans ce cas, il faut que je fasse vite la vaisselle...

— C'est ça!... Si tu as besoin d'un peu d'argent...

— C'est-à-dire que, pour le moment, je vis avec l'argent de la Marie...

Il choisit un billet de mille francs dans son portefeuille et le mit dans la boîte en fer-blanc où étaient les bobines de fil, les dés et les boutons.

Il se leva, tout engourdi.

— Tu reviendras me voir? demanda Odile en se levant à son tour pour mettre de l'eau à chauffer.

— Je ne sais pas...

— C'est vrai que tu me renverras mes affaires?... Il y a aussi ma robe verte, qui est chez le teinturier... Celui de la rue du Maréchal-Pétain... Attends!... Je vais te donner le ticket.

Il eut la patience d'attendre. Il prit le ticket. Il avait toujours son sourire incompréhensible et Odile, qui sentait le besoin de faire un geste gentil, se pencha sur lui et le baisa sur la joue au moment où il ouvrait la porte.

— Au revoir!... Je suis malheureuse d'avoir fait ça, tu sais...

Il était temps que la porte se refermât. Elle pleurait d'attendrissement, elle pleurait sur elle-même, sur ce qu'elle avait fait, sur tout ce qu'elle avait perdu. Elle reniflait, car elle n'avait pas de mouchoir sous la main, cherchait la bassine pour la vaisselle et balbutiait :

— C'est sa faute aussi...

Pourquoi, elle n'en savait rien, mais elle ne parvenait pas à se sentir si coupable. D'ailleurs, c'était venu trop bêtement... Près d'un lit de malade, on ne se méfie pas... Marcel avait la fièvre... Il lui parlait de la Marie, et de fil en aiguille...

— Qu'est-ce que t'as?

Elle tressaillit. La Marie était là, des gouttes d'eau sur ses cheveux, et une grande bouffée d'air avait pénétré par la porte ouverte.

— Je n'ai rien... Je suis triste...

— Qu'est-ce qu'il t'a dit?

Elle oubliait sa promesse et répondait naïvement :

— Il n'a rien dit... Si! Qu'il ne m'en voulait pas et qu'il me renverrait mes affaires...

Marie avait vu les deux assiettes sales, les squelettes des harengs, les verres. Elle avait jeté son manteau sur le lit et envoyé rouler ses sabots à l'autre bout de la pièce.

— Tu sais où il est, à présent?

— Non... Il doit être retourné à Cherbourg...

— Il est sur la jetée, tout seul, dans l'obscurité, dans la pluie, dans le vent...

Odile ne comprenait pas pourquoi, regardait sa sœur avec étonnement et la Marie poursuivait :

— Qu'est-ce que tu lui as dit?

— Je ne sais plus... Que tu ne voulais pas aller à Paris... Que tu aimais mieux épouser ton pêcheur... Qui est-ce?

Chatelard était bien sur la jetée, tout au bout, près de la passe où, à chaque aspiration, la mer se gonflait de plusieurs mètres, retombait comme impuissante, pour recommencer aussitôt. C'était vers la terre qu'on entendait un vacarme, là où deux ou trois rangs de grosses vagues s'écrasaient sans répit au pied des falaises.

On ne voyait presque rien, à cause de la nuit. Cinq lumières, pas plus, dont une au-dessus de la rue qu'habitaient les deux filles, là où les pavés cédaient la place aux champs, sans transition. Puis une lumière près du pont. Puis encore deux feux clignotants, l'un au-dessus de l'autre, pour signaler la passe.

Un bateau rentrait, avec les pulsations rapides de son moteur qui battait comme un cœur essoufflé. Il se soulevait, lui aussi, dans l'étroit chenal, et on put croire un moment qu'il allait heurter le musoir. L'instant d'après, il était dans l'eau morte de l'avant-port, donnait un coup de sirène, un tout petit coup, comme pour ne pas réveiller la ville, et on entendit l'homme du pont tournant qui s'accrochait à sa manivelle.

Un autre bateau gravitait du côté du large. De temps en temps, on voyait poindre son feu rouge et bientôt on entendit aussi son souffle.

Voilà!... Chatelard n'avait plus qu'à s'en aller... Les pavés n'étaient pas durs sous ses pieds, car des filets étaient étendus sur la jetée.

De la lumière brillait toujours chez les deux sœurs, la seule lumière de la rue en pente. Il fallait attendre, pour franchir le pont, que le second bateau fût rentré. Le pontonnier, roide dans son ciré, regardait Chatelard, qu'il ne connaissait pas et qu'il était surpris de voir surgir de la nuit. Chatelard lui demanda du feu. Leurs visages se rapprochèrent, mais ils n'échangèrent plus de paroles.

Le second bateau passa, avec ses silhouettes sur le pont. Chatelard put regagner sa voiture, s'installer au volant, tirer sans conviction le bouton de mise en marche. Il souhaitait presque qu'il n'y eût pas de jus dans les accus, il y en avait. Le moulin tourna. Il embraya, lâcha la pédale, longea le bassin jusqu'au bout et s'engagea doucement dans la campagne.

*

Ils étaient sept à bord et quatre femmes étaient venues sans bruit, comme des souris, de la ville endormie. Elles étaient là, immobiles et transies au bord du quai, à se pencher vers les lumières du bateau, vers les hommes qui levaient de temps en temps la tête et qui brassaient des cordages.

Depuis huit jours qu'ils vivaient en mer, leur barbe avait poussé. Si près de la terre, qu'ils touchaient d'un bord, ils gardaient des gestes graves et lourds d'un autre monde; si près de leurs femmes qu'ils voyaient d'en bas, serrées dans des châles, ils achevaient de parer le bateau, lovant les filins, fermant panneaux et écoutilles, et pas un ne songeait à gravir avant les autres l'échelle de fer encastrée dans la pierre du quai.

On se parlait, pourtant, de haut en bas et de bas en haut. C'était pour annoncer le nombre de caisses de poissons d'une part, pour annoncer de l'autre les cours de la veille et la pêche des chalutiers déjà rentrés.

Viau n'avait pas besoin d'ouvrir la bouche, puisqu'il n'y avait personne pour lui. Quand le moment fut venu, il alla près du cabestan chercher la part du poisson qu'il prenait pour lui, quelques merlans abîmés qu'il tenait à bout de bras quand il traversa le quai.

Comme il le faisait toujours, il tapa du pied sur le trottoir pour faire tomber la saleté de ses bottes. Puis il ouvrit avec sa clef, tourna le commutateur électrique et son premier soin fut de s'assurer qu'il restait un peu de feu.

D'autres devaient faire de même, dans d'autres maisons. Il ouvrit l'armoire et trouva une côtelette froide et un plat de pommes de terre à l'eau qu'il suffisait de réchauffer sur le poêle.

Il allait et venait sans parler, puisqu'il était tout seul. Il ne se donnait pas la peine d'éviter le bruit, car sa fille était sourde. C'était le seul côté pratique de son infirmité!

Il tisonna. Il posa une assiette et un couvert sur la toile cirée de la table. Il mit d'abord les pommes de terre à rôtir et, au moment où le beurre brunissait, il s'immobilisa, regardant quelque chose qui était sur le dossier d'une chaise, quelque chose de mou et de sombre : un veston.

La porte de la chambre à coucher était entrouverte, comme toujours, pour la chaleur. Les sourcils froncés, l'œil méfiant, Viau entra, ne fit pas de lumière. L'obscurité n'était pas très épaisse, grâce au halo qui venait de la cuisine.

Il s'approchait d'un lit dans lequel il y avait quelqu'un, resta debout à fixer le visage de son fils et comprit, à certains frémissements, que celui-ci ne dormait pas, mais qu'il faisait semblant.

A vrai dire, sous les draps, Marcel tremblait, d'émotion, de peur. Il tremblait depuis qu'il avait entendu le bruit des bottes sur le seuil et maintenant il ne respirait plus.

Son père ne dit rien, ne le toucha pas. Il fit demi-tour et rentra dans la cuisine, où il continua à préparer son repas. Les pommes de terre étaient presque brûlées. Puis cela sentit le poisson.

Enfin il y eut un toussotement et des mots prononcés :

— Tu ne viens pas manger un morceau avec moi, Marcel?

Un troisième bateau, dans l'avant-port, reclamait le passage du pont. Et la Marie annonçait dans l'obscurité :

— Si tu ne me laisses pas plus de place, je retourne dans mon ancien lit!...

VIII

Cela arrivait de plus en plus souvent et Émile, le garçon, reconnaissait de loin le dessin encore inachevé. Des gens parlaient à Chatelard, comme toujours; des camarades, des clients l'invitaient à prendre un verre et il acceptait plus volontiers que jadis de s'asseoir à leur table.

Il ne devait guère écouter ce qu'on lui disait, car il ne tardait pas à dénicher un bout de crayon dans une de ses poches et le dessin commençait, toujours le même, toujours tracé de façon identique.

Il y avait d'abord un cercle brisé vers le haut, communiquant dans le bas avec une sorte de corridor qui aboutissait à un carré.

Deux mois plus tôt, si par malheur un des garçons avait laissé un dessin de ce genre sur le marbre d'une table, ne fût-ce que cinq minutes après le départ du client, ça aurait été la grande engueulade, avec le traditionnel : « Vous vous croyez dans un petit café de joueurs de manille... »

A vrai dire, Émile n'avait pas compris le dessin. Mme Blanc non plus. Surtout qu'à certains endroits s'ajoutaient des quantités d'accents circonflexes et qu'on ne pouvait deviner qu'ils représentaient des maisons. L'ensemble, c'était Port-en-Bessin, avec son avant-port, son canal coupé d'un pont tournant et son bassin.

Chatelard n'en était pas plus fier que ça. Il y avait quelque chose de mou dans son humeur et depuis longtemps on n'avait pas assisté à une de ses bonnes colères pétaradantes.

On ne pouvait pas dire qu'il buvait. Son oncle, qui l'avait précédé, oui, c'était un buveur, un homme qui, tantôt avec l'un, tantôt avec l'autre, sans en avoir l'air, avalait ses vingt apéritifs dans la journée, sans compter les pousse-café.

Avant, Chatelard prenait de l'eau minérale. Maintenant, il changeait, buvait de la bière, du vin, du porto, et cela finissait par cuber.

N'empêche qu'il n'était pas ivre quand il

s'en prit à Mme Blanc. C'était le soir et on fermait. Elle finissait sa caisse, rangeant l'argent en piles régulières qu'elle roulait ensuite dans des morceaux de papier. Il la regardait avec ironie faire ses petits rouleaux, comme il eût regardé un vieillard jouer avec des noyaux de cerises.

— Dites donc, madame Blanc...

— J'écoute, monsieur Chatelard...

— Quand vous vous êtes mariée...

Elle releva vivement la tête, car le mot la frappait, éveillait en elle une association d'idées.

— ... ou, si vous préférez, bien avant de vous marier, avant de connaître votre mari, qu'est-ce que vous vouliez épouser?

Elle avait pourtant bien écouté, en fronçant les sourcils.

— Qu'est-ce que je voulais épouser? Je ne comprends pas...

Il était là, dans une pose familière, accoudé à la haute caisse, tandis que les garçons s'agitaient dans la salle vide où s'amassait la fumée de toutes les pipes et de toutes les cigarettes de la journée.

— Oui... Il y en a qui veulent épouser un ingénieur, un médecin; d'autres un facteur des postes... Vous, qu'est-ce que c'était?

Elle fit un sincère effort pour regarder en arrière, mais ce fut en vain.

— Ma foi, je ne pourrais pas vous dire... Je trouvais les officiers bien habillés mais, de là à en épouser un...

— Bon! Vous n'étiez pas fixée... Maintenant, dites-moi comment vous envisagiez l'avenir...

— Je vous assure, monsieur Chatelard, que...

— Vous envisagiez bien l'avenir, sacrebleu! Tout le monde envisage l'avenir! Est-ce que vous vouliez vivre dans une petite maison à la campagne, avec des poules et des cochons?

— Non...

— Est-ce que vous vouliez un château avec trente domestiques ou une charcuterie avec un mari charcutier?

Elle rit, mais lui restait sérieux.

— Vous comprenez ce que je veux dire, à présent? Il y en a qui veulent une petite maison rose avec un garage et une cuisine à carreaux de faïence...

— Pour moi, ça n'avait pas d'importance, soupira Mme Blanc. Quand j'ai épousé mon mari, il était croupier et nous changions de ville à chaque saison...

— Tiens! Vous avez épousé un croupier?

Ceci le faisait réfléchir. Il jetait de petits coups d'œil en coin à la caissière.

— Il ne l'est plus, soupirait-elle, à cause de ses aigreurs d'estomac. Un croupier, vous comprenez, ne peut pas avoir de...

— Évidemment!

— Maintenant, il est gardien de nuit, si bien que...

Non, il n'était pas soûl, et pourtant son regard, qui se promenait sur la salle où les chaises s'empilaient, était vague, et il demandait à brûle-pourpoint :

— Cela ne vous dégoûte pas, vous, de passer votre vie à servir à boire aux gens et à leur dire merci en les reconduisant jusqu'à la porte?

— Mais, monsieur Chatelard...

— Moi, je me demande si ça ne me dégoûte pas...

Là-dessus, il la laissait et, l'air effectivement dégoûté, montait chez lui où il se déshabillait, seul dans la chambre à l'armoire à glace.

Le lendemain, il s'en prenait à celui des garçons qui ressemblait au Président de la République. Et celui-ci, qui était assez timide, sursautait en voyant le patron

195

surgir et lui demander, l'œil soupçonneux :

— Z'êtes marié, vous?

— Oui, monsieur...

— Pourquoi?

Chatelard épiait ses moindres réflexes, comme pour lui arracher un lourd secret.

— Mais, monsieur...

— Votre femme est jolie?

— Dans le temps, ma foi, elle n'était pas plus mal qu'une autre, mais, avec cinq enfants...

Chatelard répéta gravement :

— Avec cinq enfants, oui...

Et il tourna les talons, laissant là le garçon ahuri, qui se demandait s'il avait répondu comme il devait répondre.

Chatelard donnait l'impression d'un homme qui s'ennuie, qui fait ce qu'il fait sans conviction, qui est comme détaché de sa propre vie. Même quand il allait, les mains dans les poches, regarder les bateaux au bord du quai... On lui parlait et il tressaillait, surpris, presque effrayé.

Émile le vit par deux fois, ce jour-là, se pencher derrière le comptoir et s'envoyer un petit verre dans le gosier, si bien qu'il fut à peine étonné de l'incident du soir.

Pas un gros incident, mais symptomatique pour qui connaît un peu la restauration. C'était à Émile, justement, le plus ancien des garçons, qu'un client grincheux avait rendu une sole en prétendant qu'elle n'était pas fraîche. Émile, comme c'est la règle, avait pris la sole avec dignité et s'était dirigé vers Chatelard pour la lui soumettre. Chatelard, à ce moment, mangeait à la première table près du comptoir.

— Qu'est-ce que c'est? demanda-t-il.

— C'est un client qui prétend que cette sole n'est pas fraîche...

S'il avait été occupé à lire son journal, comme ça lui arrivait pendant le dîner, on aurait compris sa distraction. Mais non! Il répondait avec un air parfaitement détaché :

— Qu'est-ce que vous voulez que j'y fasse? Ce n'est pas ma faute...

— Ce n'est pas la sienne non plus...

— Qu'est-ce qu'il dit?

— Qu'il ne peut pas la manger...

— Alors, qu'il ne la mange pas... Je ne peux pas l'obliger à la manger, moi!...

Et il regarda ailleurs. On avait l'impression qu'il avait maigri, mais ce n'était peut-être pas exact. Ce qu'il y avait, c'est qu'il se soignait moins, ne se rasait que tous les

197

deux ou trois jours, se coiffait à la va-vite et nouait n'importe comment n'importe quelle cravate.

Avec ses amis, le petit groupe de ceux qui se réunissaient tous les jours au café où ils parlaient affaires avant la belote, il était nettement hargneux, parfois grossier.

— On dirait que t'as des ennuis...

— Non!

— T'as pas d'argent dans l'entreprise *Stella,* au moins?

Voilà à quoi ils pensaient, parce que la maison *Stella,* fondée trois ans plus tôt à Cherbourg, venait d'être mise en faillite.

C'était tellement plus compliqué! Il finissait, à force de penser, à en avoir la tête vide et sonore comme un chaudron : une jetée à gauche, une à droite, se réunissant presque au milieu, ne laissant que juste le passage à un bateau... Puis deux petites lumières clignotantes l'une au-dessus de l'autre pour montrer la passe... La falaise de chaque côté... L'homme du pont, avec son ciré, qui sortait de l'ombre à n'importe quelle heure de la nuit pour tourner sa manivelle...

Des ordres avaient été donnés : quand Dorchain téléphonait, on lui répondait invariablement que le patron n'était pas là. Puis, après quelque temps, la consigne changea. On devait lui dire :

— Restez où vous êtes et ne vous inquiétez de rien...

Enfin, comme l'imbécile s'obstinait à téléphoner chaque jour, Chatelard lui fit répondre :

— M...!

Émile l'observait, et tous, en se demandant ce que ça présageait. On en parlait à voix basse dans les coins, à l'office, à la cuisine.

Lui se rongeait, c'était le mot, et il y avait des jours, des semaines que cela durait.

— Dites-moi, madame Blanc...

— Je vous écoute, monsieur Chatelard...

On finissait par lui parler d'une voix trop douce, comme on parle aux malades.

— Entre nous, ça ne vous a pas gênée que votre mari soit croupier?

Avant de répondre, elle jeta les yeux sur Émile, qui n'était pas loin, et sembla lui dire :

— Voilà que ça lui reprend !

*

Le fond de l'air était plus froid, mais il ne pleuvait pas trop souvent et on venait d'armer des chaloupes au hareng, qu'on pêchait à moins d'un mille des jetées.

Cela crée toujours de l'animation, parce que quarante petits bateaux entrent et sortent à chaque marée. Pendant qu'ils pêchent, on les voit là-bas, côte à côte, avec leur voile brune, poussés par une même brise, formant un îlot mouvant sur la mer.

Après, les femmes viennent voir la pêche, transportent les paniers, et les hommes, qui gagnent de l'argent, sont plus souvent au café.

Chaque jour, Odile ne manquait pas de dire :

— Il faudra quand même que tu me laisses partir...

Et chaque jour la Marie répondait :

— Reste encore un peu...

Sa sœur ne demandait pas mieux. Elle avait une bonne petite vie, toute seule dans la maison tiède où c'est tout juste si, vers midi, elle prenait la peine de se débarbouiller. Elle cousait. Maintenant que le linge était fini, la Marie lui faisait broder son initiale et Odile parvenait à broder tout en lisant un roman à vingt sous posé sur la table.

— Ça ne pourra pas durer éternellement, soupirait-elle. Il faudra bien que je travaille.

— T'as le temps...

— Je sais que je ne dépense pas beaucoup, mais ce n'est pas juste que ton argent...

Elle avait reçu par l'autobus un gros paquet qui contenait toutes ses affaires, y compris la robe verte que Chatelard n'avait pas oubliée et qu'il était allé chercher chez le teinturier. Mais il n'y avait pas de lettre. Ni d'argent. Il est vrai que, quand il était venu, il avait laissé mille francs!

La vie était monotone comme le ciel d'hiver. Les gens n'avaient pas grand-chose à raconter, sinon des histoires toujours les mêmes de pêcheurs qui avaient trop bu, de femmes qui s'étaient fait battre pour de bonnes raisons et de la vieille Miraux chez qui il se passait toujours des choses...

Marcel n'allait plus à Bayeux. Il travaillait comme apprenti chez Josquin, le mécanicien de marine, et on le voyait parfois, en salopette bleue, un foulard de laine autour du cou, maniant des outils sur le pont d'un bateau en réparation. Bien qu'il travaillât, son père lui avait défendu de mettre les pieds au café et il obéissait.

La *Jeanne* restait amarrée à la même place, peinte de neuf, son chalut en place sur le pont, et Dorchain y couchait comme ces gens qui, au bord des rivières, habitent une vieille péniche.

Il n'avait rien à faire, en dehors du coup de téléphone quotidien. Il avait monté des lignes et, des heures entières, il pêchait sur la jetée, tantôt sur celle d'amont, tantôt sur celle d'aval, selon la brise. On le taquinait. Il ne répondait pas et se renfrognait dans son coin.

Ainsi les jours coulaient, comme l'eau d'un robinet, aussi insipides que l'eau, aussi fuyants. Il n'y avait rien, sinon les marées, pour marquer le passage du temps. Tout le monde s'était habitué à voir la Marie au *Café de la Marine* et, de son côté, elle savait à quelle heure chacun arrivait et ce qu'il buvait, elle connaissait ceux qui ont l'ivresse tranquille, ceux qu'il vaut mieux pousser dehors à temps et ceux qui restent toute la soirée à rêver dans leur coin devant un verre plein.

— Des fois, on dirait que t'attends quelque chose, remarquait Odile qui, par reconnaissance, entourait sa sœur de petits soins.

Mais la Marie ne répondait pas. Elle était devenue plus sournoise encore qu'avant, avec une tête longue et pâle comme quand la puberté la travaillait et qu'on lui faisait prendre des fortifiants.

— Tu crois que nous ne serions pas mieux à Paris toutes les deux, dans une bonne place, chez des gens riches?

Elle haussait les épaules. Toute la journée, elle pouvait voir par-dessus les rideaux le mât de la *Jeanne* et son étrave aux deux triangles jaunes, son numéro peint en blanc : *C 1207*, puis, juste derrière, les deux maisons roses aux toits de tuiles.

Pour téléphoner, Dorchain venait au café et, comme il n'y avait pas de cabine, mais que l'appareil était au mur de la cuisine, on entendait tout.

— ... qu'est-ce que vous dites?... Mais puisqu'il faut absolument que je lui parle!... Qu'il me fasse au moins savoir si je dois rester ici... Et alors qu'il m'envoie de l'argent...

On riait de lui. On riait de la *Jeanne,* sans conviction.

— Je t'assure qu'il vaudrait mieux que je parte... s'obstinait à répéter, avec moins de conviction encore, Odile qui grossissait.

Elle grossissait et devenait plus pâle, faute d'air. Encore quelques années de ce régime et elle serait énorme, comme ces femmes de quarante ans qu'on trouve dans les maisons closes de petites villes et qui, elles aussi, brodent ou tricotent toute la journée près d'un poêle.

— Dis-moi au moins ce que t'attends... Au début, tu parlais de te marier et, depuis...

— Tais-toi! lui cria la Marie avec une colère subite.

— Bon... Je ne savais pas...

— Qu'est-ce que tu ne savais pas?

— Que c'était cassé, tiens! T'es tellement sournoise...

Odile, d'habitude dormait comme un plomb et jamais elle n'entendait rentrer les bateaux qui, pourtant, faisaient assez de bruit avec leur sirène pour demander l'ouverture du pont.

Une fois, pourtant, qu'elle avait mangé de la morue à la crème et qu'elle ne digérait pas, elle se réveilla au milieu de la nuit. Elle avait envie de se relever pour boire un verre d'eau. Elle hésitait, à cause du froid.

Soudain, il lui sembla qu'elle entendait un murmure et elle tendit l'oreille, troublée. Elle entendait et elle n'entendait pas. C'était curieux. Elle avait le corps chaud de la Marie à côté d'elle et elle cherchait à percevoir sa respiration, constatait quelque chose d'anormal.

Parbleu! C'était que la Marie retenait son souffle, qu'elle ne dormait pas, qu'elle était toute tendue! Puis, en fin de compte, elle était bien forcée de renifler et Odile murmurait timidement :

— Tu pleures?

— Non...

C'était dit d'une voix confuse et Odile se retournait, répétait :

— Mais si, tu pleures!... J'entends que tu te retiens...

— Laisse-moi! Dors!...

Alors, de la main, Odile chercha le visage de sa sœur, sentit du mouillé, du chaud. Elle se redressa, saisit la boîte d'allumettes.

— Je te défends d'allumer...

Elles se battirent. Marie voulait faire recoucher sa sœur, mais Odile glissa du lit. Elle eut ses pieds nus par terre et le sol était glacé. Elle trouva les allumettes, alluma la bougie que Marie tenta de souffler.

— Pourquoi pleures-tu?

— Je ne pleure pas, lui répondait l'autre, le nez et les paupières rouges, les joues laquées, les traits convulsés.

— Je t'ai fait quelque chose?

— T'es bête!

— Alors, qu'est-ce que t'as?

— Couche-toi, va!... Laisse-moi, cela vaudra mieux...

Elle n'en démordit pas. Odile but son verre d'eau, se rendormit presque tout de suite et ne se douta pas que c'était presque toutes les nuits la même chose.

N'empêche qu'elle envoya une nouvelle annonce, à un journal de Paris : *Deux jeunes filles sachant coudre cherchent place ensemble ou séparément...*

C'est deux jours après, alors qu'elle commençait à espérer des réponses, que l'événement arriva, auquel elle ne comprit rien. Il devait être un peu moins de cinq heures. La lampe était allumée depuis une heure.

Le gamin du café ouvrit la porte sans frapper et lança :

— On vous appelle...

— Où?... Qu'est-ce qu'il y a encore?...

*

Il s'était passé ceci. Une auto était arrivée et s'était arrêtée sur le quai sans qu'on y prît garde car, avec le hareng, il venait des mareyeurs à n'importe quelle heure de la journée et certains avaient de belles voitures.

Chatelard était descendu et, sans se presser, mais sans ralentir le pas, il s'était dirigé vers la porte du café; il l'avait poussée, refermée derrière lui, et il était allé s'asseoir dans un coin, l'air grave, les yeux cernés, comme quelqu'un qui a mal dormi ou qui ne digère pas.

Il y avait là une demi-douzaine de pêcheurs, mais Dorchain était à son bord. La Marie devait être momentanément dans la cuisine car, quand elle entra avec un plateau et des verres, elle faillit se prendre dans les jambes de Chatelard sans le voir.

— Ah! fit-elle.

Le patron les avait regardés l'un après l'autre. Les marins, eux aussi, observaient Chatelard tout en bavardant.

— Viens ici, Marie! dit-il à voix haute.

Elle vint, docile, sans la moindre roseur aux joues, sans un éclair dans le regard; elle vint, timide comme une écolière quand surgit l'inspecteur primaire.

— Enlève ton tablier... Il faut que nous causions...

Elle regarda le patron. Puis, comme deux hommes entraient, qui sentaient le poisson, elle murmura :

— Je ne peux pas quitter à ce moment...

— Il n'y a personne pour te remplacer?

— Il y aurait bien ma sœur...

— Alors, fais chercher ta sœur...

Les autres, qui entendaient, ne pouvaient pas comprendre. Les mots étaient tout simples. Pourquoi ceux qui les prononçaient étaient-ils blancs comme du papier, avec des yeux pochés comme après une nuit de bringue?

Toujours petite fille, la Marie demandait au patron :

— Je peux envoyer Désiré chercher ma sœur? Elle me remplacera un moment...

L'air était lourd, le poêle rouge dans son

milieu. Le patron était rouge aussi, comme à son habitude.

— Si c'est nécessaire..., grommela-t-il.

Et il faisait signe à la Marie d'aller le trouver à la cuisine, mais elle n'avait pas l'air de comprendre. Les deux nouveaux venus commandaient des cafés au calvados et elle les servait, sans se douter que c'étaient les derniers verres qu'elle servait de sa vie.

Ainsi une minute solennelle s'écoulait-elle sans solennité, dans une atmosphère de vie quotidienne et feutrée. Chatelard attendait sans impatience. Personne n'avait remarqué qu'il portait une casquette à ruban brodé comme les marins et les armateurs. On lui trouvait seulement quelque chose de changé, mais on ne savait pas quoi au juste.

Il fallait Odile pour animer un peu la scène. Elle arrivait, haletante, comme pour une catastrophe, la main sur le sein. Elle s'écriait, alarmée :

— Qu'est-ce qu'il y a, Marie?

Marie était calme au milieu du café.

— Il n'y a rien... J'ai besoin que tu me remplaces...

Et elle retirait son tablier, cependant qu'Odile découvrait Chatelard, rougissait, ne savait que faire, que dire, regardait autour d'elle avec un œil de poule affolée.

Quant à Chatelard, il se levait, disait simplement :

— Viens!

Puis, tourné vers les autres, vers tout le café, il lançait :

— A tout à l'heure...

Dehors, c'était le noir, le froid, le souffle de la mer, les lumières à leur place et des formes sombres qui traversaient parfois la rue, des ménagères qui allaient chercher le lait.

Chatelard marchait vers le pont tournant, les mains dans les poches, et la Marie, d'un geste naturel, accrochait sa main droite à son bras.

Ils avaient déjà franchi le pont qu'elle ouvrit seulement la bouche :

— Je croyais que tu ne viendrais plus...

Alors il s'arrêta, sous un bec de gaz, le seul qu'il y eût dans un rayon de cent mètres. Il dit d'abord :

— Tu mens...

Puis il la regarda longuement, d'un regard qui était presque méchant à force d'acuité. Elle le regardait aussi et maintenant on eût dit qu'elle reprenait vie, que son drôle de sourire, toujours un peu ironique, allait refleurir sur ses lèvres minces.

D'un geste brusque, il l'attira à lui, la serra autant qu'il put, sans l'embrasser, comme s'il eût voulu l'étouffer, et son regard, pendant ce temps, par-dessus la tête de Marie, découvrait le pont tournant, le café, le canal, le bassin, les deux maisons éclairées sur la gauche.

Ce fut elle qui finit par se dégager, doucement. Elle montra le bec de gaz. Elle murmura :

— Tu as choisi la place !...

Et ils se remirent à marcher, l'un les mains dans les poches, l'autre accrochée à son bras. Ils avançaient vers le bout de la jetée et leurs pieds foulaient les filets étalés. Le noir et la rumeur de la mer les enveloppaient. Ils firent au moins cent pas avant que Chatelard grognât :

— Je ne sais pas si je fais l'imbécile, mais...

— Mais quoi?

Elle souriait dans l'obscurité. Il le sentait. Il devinait son visage laiteux. Et soudain il la saisit, mais cette fois pour coller sa bouche à la sienne.

Cela dura, dura. Un bateau eut le temps d'entrer dans le port et de leur envoyer un coup de sirène ironique.

Quand ils se séparèrent, ils eurent tous les deux, à un léger intervalle, le même geste furtif de la main vers le visage, comme si quelque chose les avait chatouillés.

Puis la voix de Marie s'éleva encore.

— T'as eu peur? demandait-elle.

Il ricana :

— De toi, peut-être? Si tu penses ça, mon petit, tu te trompes. J'en ai assez d'être bistro et de servir à boire aux gens, voilà! Quant au reste...

Arrivés au bout de la jetée, ils firent demi-tour. Chatelard n'avait plus du tout envie d'être tendre. Il cherchait même, en marchant, des phrases pas gentilles, mais la Marie n'en souriait pas moins.

— Ils m'emmerdaient tous... J'ai quand même pas l'âge d'aller boire à chaque table et de faire la partie avec des imbéciles... Qu'est-ce que tu dis?

— Rien...

— J'ai pensé que, puisque j'ai un bateau...

A chaque instant, il s'interrompait pour se tourner vers elle, espérant qu'elle allait dire quelque chose, mais, gavée de joie, elle se taisait, savourant chaque minute et jusqu'à l'impatience de Chatelard, jusqu'à sa colère qui montait.

— Je sais bien que ça t'amuserait d'aller conduire ton mari à bord et d'agiter ton mouchoir au bout du quai...

Elle avait remis sa main à sa place, sur le bras musclé.

— Qu'est-ce qu'on va faire de ta sœur?

— Elle a envie d'aller à Paris...

— Tant mieux!

Ils étaient revenus sous le bec de gaz. Le pont était ouvert. Ils devaient attendre pour passer.

— Enfin! On verra bien..., soupira Chatelard.

Un peu plus tard, ils entraient, comme ça, sans se lâcher, au *Café de la Marine*. Ils allaient s'asseoir à la table du fond, Chatelard appelait Odile et lui disait le plus naturellement du monde :

— Tu nous serviras des grogs...

La Marie faillit éclater de rire. Et cette fois ce n'était pas d'Odile, qui faisait tout ce qu'elle pouvait pour les servir sans avoir l'air de rien remarquer. Non, ce qui était comique, c'était l'attitude de Chatelard, le regard soupçonneux et méchant qu'il lançait à tous les pêcheurs attablés dans la salle et même au patron.

Au fond, il devait avoir une vague envie de se battre. Il craignait surtout un sourire ironique, si fugitif fût-il. Et sûrement qu'alors il aurait bondi comme une brute.

Cela faillit arriver. Un petit jeune homme venait d'éclater de rire et déjà Chatelard s'était levé. Mais force lui était de constater que ce n'était pas de lui qu'on riait et de se rasseoir.

Quant au patron, il avait compris que c'était sérieux et il avait rejoint Odile à la cuisine.

— Attends... Je vais les servir moi-même...

Malgré tout, Chatelard aurait aimé la bagarre. Tout à coup, il articula à voix haute :

— La *Jeanne* prend la mer demain pour la côte anglaise...

Personne ne broncha. Les visages se contentèrent de se tourner vers lui et les regards rencontraient le visage serein de la Marie.

— Il me faudra cinq hommes et un mousse...

Un silence. Puis un murmure de conversations. Puis un grand type roussâtre s'avançait, sa casquette à la main.

— Je suis libre... Si les conditions...

Un vieux discutait avec son fils pour le décider. Chatelard se tourna vers la Marie comme pour avoir son avis.

— Tu peux le prendre... je le connais...

Chatelard envoya chercher Dorchain, qui arriva en courant.

— On appareille demain...

— Mais...

— J'embarque sous tes ordres, en attendant que je passe l'examen...

— Je...

— Bois quelque chose et viens...

Car il y avait d'autres cafés à Port. A eux trois, Marie au milieu, ils les firent tous, s'assirent, burent des grogs et partout Chatelard posa la même question, gardant peut-être au cœur l'espoir de la bagarre.

— Il me faut encore trois hommes...

Puis il n'en fallut plus que deux. Puis un. Derrière eux, les discussions commençaient.

— Elle va faire comme sa sœur...

— Celle-là? L'est ben trop maligne pour ça...

Chatelard n'était pas soûl. Il avait

simplement bu quelques grogs. Il pensait à tout, même à garer sa voiture et à faire transporter ses effets à bord.

Il était dix heures quand, sortant d'un café où ils avaient mangé sur une toile cirée à carreaux bruns, il déclara :

— Maintenant, tu vas te coucher...

Ils étaient dehors. Il y avait encore un bec de gaz. La Marie tendit les lèvres, d'un geste déjà naturel.

— Bonsoir, Henri...

C'était la première fois qu'elle disait cela. Il détourna la tête. Puis, quand elle fut à quelques mètres, courant comme toujours et tenant son manteau serré contre elle, il ouvrit la bouche pour la rappeler.

Mais non! Il valait mieux aller se coucher, lui aussi. Il avait retenu une chambre au *Café de la Marine*. Odile servait dans la salle. Elle lui sourit et il haussa les épaules.

— Qu'on me réveille à quatre heures! dit-il.

Il n'y eut pour ainsi dire pas de transition, parce que la Marie connaissait l'heure des marées et qu'elle savait à quel moment il faut venir, quand l'agitation est terminée à bord et que les hommes, avant de larguer

216

l'amarre, ont un moment de détente, le temps, en somme, d'ouvrir le pont.

Il faisait encore noir. Elles étaient trois ou quatre sur le quai, en sabots, en châle, les cheveux pas peignés et sur les trois deux portaient un gosse et une en traînait deux par la main.

Les baisers sentaient le rhum de la veille et le café réchauffé du matin.

Quand le bateau commença à avancer, les femmes avancèrent en même temps, sur le quai, et à la fin elles devaient courir.

Puis il arriva un moment où on ne vit plus de bateau et où elles s'arrêtèrent, se retrouvèrent ensemble et revinrent lentement, en serrant leur châle, car le froid du matin se sentait davantage. Une d'elles disait :

— Moi, je vais me recoucher...

Mais aucune ne comprenait ce qu'il y avait dans les yeux de la Marie, qui avait toujours été sournoise.

1938.

DU MÊME AUTEUR

LONG COURS, Folio Policier n° 665.
CHEZ KRULL, Folio Policier n° 670.
COUR D'ASSISES, Folio Policier n° 712.
LE BILAN MALETRAS, Folio Policier n° 732.

Nouvelles

NOUVELLES EXOTIQUES, Folio Policier n° 769.
LE BATEAU D'ÉMILE, Folio Policier n° 784.
LE PETIT DOCTEUR, Folio Policier n° 806.
LES DOSSIERS DE L'AGENCE O, Folio Policier n° 807.

*Tous les papiers utilisés pour les ouvrages
des collections Folio sont certifiés
et proviennent de forêts gérées durablement.*

*Impression Novoprint
à Barcelone, le 24 novembre 2023
Dépôt légal : novembre 2023
1er dépôt légal dans la collection : février 2001*

ISBN 978-2-07-041039-2 / Imprimé en Espagne

623361